Rumbo hacia la muerte

Roberto Martínez Fernández

Editorial: BoD · Books on Demand, Calle de Manzanares, 4,
28005 Madrid, bod@bod.com.es
Impresión: Libri Plureos GmbH, Friedensallee 273,
22763 Hamburg (Alemania)

ISBN: 978-84-1092-087-3

Personajes

Ricardo Alonso: Informático a cargo de la instalación de redes.

Iustine Czer: Hija de un miembro de la alta sociedad en pleno viaje. Protagonista de esta novela.

Nicole Devereaux: Antigua recepcionista.

Ian Hancock: Multimillonario dueño de una cadena hotelera y del barco donde se desarrolla la historia.

Ragnar Jacobson: Traductor e intérprete.

Hiroshi Kondo: Trabajador y representante de la gigante tecnológica ITCUC. Socio de Ian.

Lucas McAllister: Amigo de la infancia de Ian y Darius.

Stella McAllister: Hermana pequeña del anterior.

Darius Smith: Amigo de la infancia de Ian y Lucas. Cocinero en el crucero.

FSC
www.fsc.org
MIXTO
Papel procedente de fuentes responsables
Paper from responsible sources
FSC® C105338

Prólogo

Para poner esta historia en situación es necesario remontarse seis años atrás, y el lugar propicio sería la sede central de la gigante tecnológica ITCUC —siglas de Industry, Technology and Computing United Company—. Numerosos empleados uniformados se desplazaban de un lugar a otro por el recinto, compartiendo información técnica avanzada sobre proyectos llevados a cabo en el más alto secreto empresarial.

Sin embargo, había allí un hombre que no encajaba con el resto, y se notaba a simple vista: Se trataba de un hombre en traje marrón de muy alto copete, que gustaba de presumir de su riqueza aunque lo hacía involuntariamente. Se trataba del multimillonario Ian Hancock.

Ian Hancock era un hombre alto, de pelo marrón oscuro muy corto y tez morena. Tenía algo de tripa pero no se podía decir que estuviera gordo, sólo algo fofo por la falta de ejercicio físico. Al fin y al cabo, se pasaba la mayor parte de su tiempo inmiscuido en algún negocio con el que aumentar aún más si cabe su riqueza, la cual había ganado tras más de una veintena en el negocio de la hostelería. Los hoteles del Hancock Hotels and Resorts —o como el propio Ian abreviaba como marca: HHR— habían ganado fama alrededor del mundo por su excelente localización céntrica en las mayores ciudades del mundo y su excelente servicio, que dejaba satisfechos a todos los clientes que se pudieran permitir alojarse en ellos.

En estos momentos se encontraba de frente con uno de los mejores trabajadores del ITCUC, a quien exponía su novedoso negocio tras haber convencido al mismísimo CEO de la tecnológica.

—¿Qué opina? Se trata de un auténtico negocio que puede hacer a nuestras empresas ganar una considerable suma. ¿Es viable? —preguntaba Ian con una sonrisa de oreja a oreja que recordaba a un gato tras tomarse su tazón de leche.

—Viable… Si, con el debido equipo de trabajo esto podría ver la luz.

—No se le ve muy convencido señor Kondo.

La realidad es que Hiroshi Kondo estaba convencido de la viabilidad del proyecto, lo que le preocupaba era la fuente. Miró con escepticismo al señor Hancock, sobre el que había recibido órdenes de parte de su jefe de aceptar tan lucrativo encargo siempre y cuando no escondiera un truco.

Hiroshi Kondo hombre de rasgos asiáticos, altura considerable; aunque no se notara al lado de Ian; y muy delgado. Tenía el pelo revuelto pero no de forma aleatoria, dando la impresión de que medía hasta su forma de peinarse. Este comportamiento le había hecho ganarse el puesto de segundo en la tecnológica y la confianza de su superior para saber llevar situaciones comprometidas.

Volvió a echar un vistazo al proyecto que le había presentado el hotelero.

Se trataba ni más ni menos que de un barco, pero no un barco cualquiera, un crucero de lujo que permitiera el acceso a todas las comodidades de los hoteles HHR en alta mar, permitiendo a sus tripulantes viajar sin renunciar a los lujos. Hasta aquí no había nada de particular, la sorpresa venía al comprobar que el barco sería autónomo: no necesitaría de tripulación que lo pilotara ni lo mantuviera.

Hiroshi no tenía previo conocimiento de que el señor Hancock tuviera conocimientos náuticos, y sin embargo allí estaban los planos. Los había revisado una y otra vez y los veía perfectamente viables. Aun así decidió tirar un poco de la lengua al multimillonario.

—No sabía que le interesa la navegación, señor Hancock.

—Bueno, es algo reciente.

—¿Cómo de reciente?

—Desde que he comprendido lo lucrativo que es.

Ian Hancock era conocido por su buen ojo para los negocios, y por ser despiadado. Se le consideraba capaz de cualquier cosa para sacar un negocio a flote.

—Iré al grano, señor Hancock. —Ian le respondió con un gesto afirmativo—. Me gustaría saber cómo ha obtenido estos planos.

—Vaya, ¿no cree que haya sido capaz de crearlos por mi cuenta? Me ofende…

Hiroshi estaba nervioso, pero sólo en su interior. Cualquiera que le hubiera mirado a la cara no hubiera podido decirlo. Temía que Ian se marchara con el negocio a otra empresa y fallarle a su superior. Rápidamente salió del paso:

—Está bien. Disculpe mi impertinencia. Tenía que asegurarme de que los planos estaban… —hizo una pausa buscando la frase con la que continuar— en orden.

—¿Le preocupan que sean robados, señor Kondo?

—¡Naturalmente que no! Usted no sería capaz de eso.

Ian soltó una carcajada e Hiroshi se calmó, aunque exteriormente seguía tan impasible como antes.

—No se preocupe señor Kondo. No, yo no he hecho los planos pero le puedo asegurar que son de mi propiedad.

—En ese caso —Hiroshi le extendió la mano—, gracias por confiar en esta compañía. Puede llamarme Hiro, si lo desea.

—Así lo haré, muchacho —le contestó a pesar de que Hiroshi andaba ya por los treinta largos.

—Mi equipo y yo nos pondremos de inmediato a trabajar. Deberíamos poder tener algo en unos años. Un proyecto de tal envergadura llevará su tiempo.

—Cuento con ello…

Y dejó esa frase en el aire.

Capítulo 1

Los años pasaron y el proyecto se desarrolló según lo previsto. Un primer navío fue creado, de un tamaño reducido y con el propósito de servir como transporte privado para reuniones y celebraciones, pero dotado de un gran número de servicios y entretenimientos: restaurante, gimnasio, piscina, sala de juegos, discoteca... Todo lo necesario para pasar los tres días que duraba el recorrido con itinerario desde Barcelona, España; hasta Génova, Italia.

Ian Hancock la bautizó con el nombre de "Stella -Hancock`s Cruise Resorts-", aunque internamente la conocieron como "Stella I". Según el magnate, quiso llamarla Stella en honor a una amiga muy importante para él. El número I romano era sencillamente por tratarse del primer crucero desarrollado, y es que Ian esperaba poder mostrar al mundo el Stella I en cuestión de un año y, si demostraba reportar los suficientes beneficios, crear toda una línea de cruceros de lujo de mayor envergadura.

Pero en el estado actual del proyecto, se decidió llevar a cabo una prueba preliminar a petición de su socio Hiroshi. Para convencer a Ian le explicó que el propósito era comprobar los posibles beneficios de un viaje, aunque la verdad es que, como miembro de una empresa tecnológica, querían asegurarse del funcionamiento para evitar un desastre que pusiera en entre dicho la eficacia de la empresa.

El equipo del ITCUC organizó, junto a Ian Hancock, una selección donde se escogería a un reducido grupo de cuatro personas —número elegido para asegurarse de que se seleccionaba una población de muestra variada pero sin llamar demasiado la atención, en caso de que el proyecto fuera un fracaso—. Muchas fueron las solicitudes. Ian Hancock se encargó de escoger personalmente a dos de ellas, mientras que Hiroshi hizo lo propio con las otras dos.

Dos meses más tarde de comunicar los resultados, un autobús se desplazaba por la carretera transportando a cuatro personas muy variopintas, dirigiéndose al muelle donde se embarcarían en el Stella I.

El viaje se había realizado en silencio hasta el momento, cada uno de los individuos se había sentado en zonas separadas del autobús, lo cual no había resultado extraño a ninguno de ellos ya que no se conocían previamente.

Un hombre joven, sentado en la parte delantera del autobús tras el conductor se dispuso a romper el hielo. Se levantó de su asiento dejando ver una coleta de pelo castaño y un par de gafas finas que no ocultaban una mirada decidida, pero inocente; sumado a sus facciones redondeadas le daba un aspecto más juvenil de lo que realmente era.

Se dirigió con paso decidido hacia una muchacha sentada varias filas detrás de él.

—¿Emocionada por el viaje? —preguntó mientras se sentaba en el asiento vecino al de la chica.

La chica en cuestión estaba hecha un manojo de nervios en su asiento y jugueteaba con una diadema envuelta en tela azul oscuro entre sus manos. Daba la sensación de ser más menuda de lo que era de por sí, debido a la postura encorvada que tenía en su asiento, con la cabeza agachada mirando al suelo. Al hablarle el joven se incorporó en su asiento y dejo ver algo más de ella que su pelo negro cortado *a la garçon*. El joven se sorprendió mucho de lo pálida que tenía la piel y lo fría y cálida que era su mirada al mismo tiempo, lo que le daba un aire muy maduro. Por su imaginativa cabeza pasó la descripción de blancanieves: "Piel blanca como la nieve, cabello negro como el ébano". Pero no tenía nada de dulce, por lo que su descripción final de la chica fue de "blancanieves vengadora".

—Bueno… —comenzó, con un hilo de voz muy suave—. Hace mucho que no viajo en autobús.

—Pues de aquí vamos a un barco, que no sé si es peor —le respondió, intentando sacarle una sonrisa.

Al ver que no funcionó, decidió ofrecerle algo de biodramina.

—Tranquilo. No estoy mareada —acompañó las palabras de un gesto para rechazar el medicamento—. Son sólo… nervios. Gracias igualmente.

Llegado este punto, el joven decidió que era hora de las tan esperadas introducciones.

—No me he presentado. Me llamo Ricardo Alonso, encantado —le tendió la mano y la chica le devolvió el saludo—. Y no tienes que preocuparte, seguro que el conductor es un profesional —le dijo, intuyendo que el motivo de dichos nervios se acercaba más bien a la amaxofobia.

—Gracias. Yo me llamo Iustine Czer. —A pesar de que su apellido se escribiera con z, lo pronunció como si fuera una ch.

—Vaya, ¿como Cher, la cantante?

—Bueno, se escribe con z en el lugar de la h.

Un hombre más entrado en años, con el pelo corto a medio camino entre rubio y cano que le hacía parecer más mayor de lo que realmente era, contestaba desde la otra mitad del autobús:

—Qué interesante…

—¿Disculpe?

—Mil perdones. No debería haberme metido en una conversación ajena, pero tiene un apellido muy curioso, jovencita.

—¿Ah, sí? —dijo ésta, recuperando el tono de voz. El nerviosismo la abandonaba conforme avanzaba la conversación

—Ya lo creo. En el eslavo antiguo se utilizaba la palabra cherny para referirse al color negro. Y, sin embargo, su apellido utiliza la grafía de Europa central, zonas de Chequia… —se interrumpió, viendo que sus interlocutores andaban algo perdidos con el exceso de información, aunque en verdad un poco cortados al oír hablar de forma tan culta a aquel caballero—. Disculpadme de nuevo, los idiomas son mi pasión y mi profesión, soy traductor e intérprete, aunque nunca he tenido que hablar en eslavo naturalmente —y soltó una risotada.

Iustine y Ricardo se fijaron más detenidamente en aquel hombre tan cortés. Tenía unas facciones muy cuadradas, lo que debería haber dado la impresión de ser un tipo duro. Sin embargo, su expresión y su forma de hablar le daban un aspecto de hombre culto y relajado a sus interlocutores.

Ricardo volvió a dar rienda suelta a su imaginación y pensó en un dios nórdico relegado al papel de bibliotecario. Se dio cuenta de lo acertado de su descripción cuando oyó el nombre de aquel hombre:

—Me llamo Ragnar, Ragnar Jacobson. Llamadme sólo Ragnar. Por cierto, ha sido muy descortés por mi parte no haberme presentado antes.

La pareja de viajeros contestaron quitándole importancia y procedieron a decir sus nombres.

—Alonso... —comenzó a pensar Ragnar—. Alonso es un apellido que se remonta a la era de los godos. Una variante de Alfonso que...

Ragnar siguió con sus elucubraciones mientras los otros dos atendían. Iustine atendía más por ser cortés que porque le interesara el tema de conversación. Ricardo, por su parte, comenzó prestando atención genuina, pero empezó a perder interés conforme se alargaba la conversación. Finalmente puso su atención en la cuarta pasajera del autobús.

Sentada en la parte frontal se hallaba una mujer que, a pesar de pasar de largo los treinta, aparentaba ser más mayor; con el pelo castaño claro que se veía bastante largo porque caía por detrás del espaldar de su asiento como chorros de miel. Tenía una expresión seria y daba la impresión de algo amargada, pero ninguno se había percatado porque estaba de espaldas al grupo. No había articulado una palabra en todo el rato. Se había pasado el viaje escuchando música con un par de auriculares en los oídos, motivo por el que Ricardo pensó que no había oído nada de la conversación que había tenido lugar tras ella.

—¿Podríamos preguntarle también a ella?

—¿Preguntarle el qué? —dijo Iustine

—¡Qué más da! Es por que entre también en la conversación. O a lo mejor se ha dormido.

—¡Señorita! —gritó el señor Jacobson, sobresaltando a los otros tres pasajeros— ¿Quiere unirse a nuestra conversación?

No hubo respuesta.

—Pues yo creo que se ha dormido—sentenció Ricardo.

—Eso parece. Una lástima.

Pero antes de que Ragnar continuara su historia Iustine habló:

—Para nada. Nos está haciendo el vacío.

—¿Por qué lo crees? —preguntó Ricardo.

—La he visto reaccionar en su asiento al grito de Ragnar. Si estuviera escuchando música no lo habría oído. Apuesto a que esos auriculares ni siquiera están conectados.

—¿Cómo lo sabes?

—Porque al subir tenían una luz encendida. Hace rato que no, así que hace rato que no están transmitiendo ningún sonido.

Se hizo el silencio en el autobús, que sólo se rompió al ver que la mujer se giraba en su asiento y contestaba:

—Si tanto os interesa, mi nombre es Nicole Devereaux. Y no tengo ganas de que me den una disertación sobre mi apellido, la verdad —Tras decir esto volvió a girarse en su asiento.

—¡Qué maleducada! —dijo Ragnar.

Tampoco se le dio mucha importancia a esto, porque unos segundos más tarde Ragnar volvía a la carga, amenizando —o quizá no— con sus historias el resto del viaje.

* * *

El autobús comenzó a frenar conforme llegaba a su destino. Al llegar al puerto donde se encontraba el tan esperado crucero, frenó, abrió sus puertas y el conductor les indicó a los pasajeros el fin de su viaje por tierra.

Nicole fue la primera en bajarse del autobús. Era la que estaba más cerca de la puerta del conductor.

Ragnar cedió muy caballerosamente el paso a Iustine y Ricardo. Iustine salió primero y exclamó al pisar suelo firme:

—¡Por fin en tierra!

Respiró con alivio el dejar de moverse sobre cuatro ruedas.

—No por mucho tiempo —le contestó Ricardo con una burla, mientras se bajaba tras ella.

Ragnar cerró la marcha y, al bajar éste el autobús cerró sus puertas y emprendió la marcha revelando al otro lado dos figuras masculinas de gran envergadura. El grupo enseguida reconoció a uno de ellos como el organizador del viaje y dueño del barco, Ian Hancock. Su compañero, Hiroshi Kondo, aún les era desconocido.

—¡Ah! ¡Bienvenidos! —Se acercó Ian al grupo mientras pronunciaba su efusivo recibimiento y abrazaba uno por uno a los viajeros.

—¡Ian! Viejo zorro —respondió Ragnar, emulando la efusividad del saludo de su anfitrión.

—¿Se conocen? —preguntó Ricardo.

—Ya lo creo. En el viaje les dije que trabajo de intérprete, ¿verdad? —Agarró de un hombro a Ian y le sacudió amigablemente—. ¡Pues este es mi jefe!

El magnate se limitó a sonreír suavemente, para acto seguido desviar la atención a su socio.

Este es Hiroshi Kondo —El aludido se limitó a hacer un leve gesto con la cabeza—, miembro del ITCUC y principal encargado de hacer realidad este sueño.

Ian acompañó sus palabras de un gesto con los brazos, señalando el imponente navío que se situaba tras él. El resto del grupo lo había visto al bajarse del autobús, pero no se habían parado a admirarlo en todo su esplendor hasta ese momento.

Ante ellos se presentaba un crucero de dimensiones algo reducidas pero completamente imponente. Desde fuera podían distinguirse al menos tres pisos de camarotes, una piscina en popa y un comedor con paredes de cristal que permitía ver el horizonte en tres direcciones distintas en la parte delantera. Al lado que daba al puerto se leía el nombre de Stella I.

—Maravilloso, ¿No creen? —dijo Ian, esperando ver la reacción del grupo. Aunque la respuesta que recibió no fue la que él esperaba.

—De momento, es sólo un barco bonito —dijo Ricardo.

—¡Ah! Un público difícil… Bueno, ya sabéis que es lo que hace tan especial este crucero.

—Si —volvió a responder Ricardo.

—¡Autosuficiencia! —El magnate remarcó esta palabra como si se tratara de algún tipo de eslogan, que muy probablemente fuera a serlo en el marketing del barco—. Como ya saben, este barco se pilota sólo y no necesita de tripulación.

—¿Y no va a venir nadie más a bordo? —Esta vez preguntó Nicole—. ¿Ni un capitán? ¿O un timonel? ¿O algún encargado de máquinas?

—Ningún miembro en la tripulación.

—¿Ni siquiera alguien encargado de la limpieza?

—Bueno… —Ian pareció dudar en su respuesta—. Sí que hay alguien más. Un cocinero. Alguien tiene que encargarse de preparar la comida. Pero no se preocupen, es un viejo amigo mío y confío en él para ofreceros una experiencia inolvidable.

—Le aseguro, señorita —por primera vez intervenía Hiroshi—, que el barco es seguro. Todo ha sido comprobado numerosas veces o no nos atreveríamos a hacer este viaje de prueba. Además, hay lanchas salvavidas y conexión directa con los guardacostas. Esto no va a acabar como el Titanic.

—No es eso lo que me preocupa. ¿Qué va a ocurrir con todos los puestos de trabajo que van a desaparecer por culpa de este "juguetito"?

Hiroshi no esperaba esa observación. Se colocó el cuello del traje que llevaba y tragó saliva esperando dar con una respuesta, pero se le adelantó su compañero:

—Es el progreso, querida. La automatización. Si un trabajo puede hacerlo una máquina, ¿por qué dejar que lo haga una persona?

Nicole definitivamente no quedó satisfecha con esta respuesta. Se limitó a mirar a Ian con furia. El resto del grupo, incluido Hiroshi, quedaron en silencio, incómodos ante la conversación que acababa de tener lugar.

—En fin —dijo de repente Ian, como si nada hubiera ocurrido —. ¿Desean embarcar?

Y antes de recibir una respuesta, lideró la marcha hacia la pasarela, seguido del cohibido grupo.

Capítulo 2

Ian llevó al grupo hacia la recepción de su "hotel flotante", pero por el camino, Ragnar se acercó a Hiroshi para presentarse.

—Me llamo Ragnar, encantado de conocerle. Siento no haberme presentado antes pero creo que hemos vivido una situación algo violenta.

—No se preocupe—le dijo éste—. Ian me habló de usted. Es un placer conocerle en persona.

Ragnar pareció sacar pecho con las palabras de Hiroshi. Mientras los dos se estrechaban la mano cordialmente, Iustine se acercó también.

—Yo soy Iustine Czer. Supongo que lo sabrá todo de mí pero gracias a usted y a su compañero por esta oportunidad.

—No hay de qué. Y no crea que tenemos tanta información de ustedes. Sólo hemos hecho un perfil general para seleccionarles.

Ricardo les miraba mientras hablaban, pero siguió de largo y no se acercó a presentarse.

Ian se detuvo ante unas puertas dobles y, muy teatralmente empujó ambas al grito de:

—¡Contemplen!

Los pasajeros entraron en la estancia que hacía de recibidor al crucero. Se trataba de una estancia amplísima, de un estilo rococó; con el suelo de un material simulando al mármol jaspeado y unas paredes color albero adornadas con cenefas doradas que, por qué no decirlo, le daban un aspecto recargado no muy del gusto de todo el mundo. El techo estaba lleno de focos que alumbraban la sala con una luz blanca, dotando la sala de gran luminosidad. Una enorme alfombra de color rojo recorría la parte central de la estancia hasta un mostrador de recepción algo original: una serie de terminales informáticos ocupaba casi toda la pared del fondo, sin atisbo de que hubiera ninguna persona a cargo del recibimiento. A ambos lados de la alfombra, una serie de estatuas de bronce rellenaban la estancia, sin ningún tipo de conexión entre sí ni con el resto de la decoración.

Ian, ante el asombro de sus invitados, se adelantó a decir:

—¿Les gusta? Quiero que mis pasajeros sientan el lujo desde que dejen tierra. Yo mismo mandé decorar esta sala con la mayor ostentosidad posible.

—Ostentosidad… A mí me parece más bien hortera. —Se le escapó decir a Ricardo. Lo hizo tan bajo que sólo Iustine que estaba a su lado alcanzó a oírle.

—Si… Los HHR no destacan por estar decorados con sobriedad precisamente. Aunque esto es un poco sobrecargado.

—¿Sólo un poco? —le respondió Ricardo—. Espera, ¿has estado en otros hoteles de esta cadena? ¿No son súper exclusivos?

Cuando Ricardo decía "exclusivos", en realidad quería decir "carísimos". La cadena hotelera de Ian Hancock era conocida por la imagen de opulencia que mostraba al público, pero eso sólo le valía para que la gente tuviera de qué hablar. La realidad es que sus clientes escogían esos hoteles por la calidad y variedad de sus servicios. Por supuesto, ser tratado a cuerpo de rey no era barato, y Ricardo lo sabía.

Antes de que Iustine respondiera, Hiroshi les comunicó que debía separarse del grupo para ir a la sala de máquinas. Debía iniciar el piloto automático para que recogiera la pasarela y pusiera rumbo a su destino. Se despidió del grupo con un amago de reverencia y abandonó la gran sala.

Ian volvía a liderar la marcha del grupo hacia la "poco humana" pared de recepción, guiándolos a través de la alfombra por el centro de la habitación.

Cuando pasaron al lado de una de las estatuas, una suerte de figura de un caballero empuñando una espada, un hombre que había estado de cuclillas tras la escultura saltó a recibirles

—¡Ah! Darius, amigo mío. ¿Qué haces aquí?

Darius Smith se acercó al dueño de la cadena hotelera. A simple vista se veía que era más bajito que su amigo, si bien tenía una estatura media. Tenía el pelo corto del color del chocolate, con una perilla a juego bajo su labio. Al ver al grupo abrió los ojos de par en par mostrando unos iris del color del cielo. Pasó la mirada por todos ellos en cuestión de un segundo, pero fue lo suficiente para analizarlos de arriba a abajo.

—No os esperaba tan pronto. Estaba colocando las esculturas que faltaban.

—Pero hombre, eso no es trabajo tuyo. Ya encargaré a mi equipo de decoradores que terminen de colocar lo que falte cuando volvamos del viaje.

Varios miembros del grupo pensaron en qué sería "lo que falte" a esta habitación que ya estaba excesivamente recargada.

—Bueno, déjame que asegure la peana al menos.

Tras decir esto se agachó y echó el seguro a la peana sobre la que se encontraba la estatua, que habría pasado desapercibida de no haberla mencionado, pero que se veía claro que servía para desplazar la estatua con facilidad.

Ian agarró por el hombro a su amigo y se lo presentó a los invitados.

—Este es mi amigo Darius Smith. El mejor cocinero que conozco y, como han comprobado, un perfeccionista. Por eso sé que eres la mejor opción para ayudar en este viaje.

—Por suerte para mí, no se puede automatizar la alta cocina.

Nicole se acercó y le estrechó la mano, dando comienzo a las presentaciones.

—Me llamo Nicole Devereaux, encantada —le dijo con una sonrisa.

—Igualmente —respondió Darius algo cohibido.

Ricardo no pudo evitar soltar una risita pícara, que Iustine no alcanzó a comprender en ese momento. Los demás se presentaron también al cocinero.

Para finalizar la introducción al hotel, Ian se llevó a los cuatro invitados, seguidos por Darius, hasta la pared con terminales y les explicó su funcionamiento:

—Solamente tienen que acercar el móvil al escáner con la entrada en pantalla. Si no pudieran usar el móvil también se puede usar el DNI o cualquier otro documento de identificación…

La explicación siguió unos minutos. Estaba claro que a Ian le gustaba el sonido de su propia voz.

Tras acercar el móvil a la pantalla, tal y como les indicó el dueño de la nave, los ordenadores expidieron tarjetas que servirían de llaves para las habitaciones de los huéspedes. Ragnar se quedó pensativo antes de hacer lo propio.

—Quizá es que estoy demasiado mayor para esto, señor Hancock, pero no creo que nada sustituya al trato humano.

—Es el progreso, querido Ragnar. No se puede hacer nada contra el progreso.

—Si usted lo dice… - Ragnar no había quedado satisfecho con la respuesta.

Cuando procedió a sacar su tarjeta, en lugar de usar su móvil decidió usar su DNI.

—¿Que le ocurre? ¿No le queda batería? – Preguntó Ricardo.

—¡Ja! —respondió Ragnar—. ¡Yo nunca me quedo sin batería! Aunque claro, hay que hacer ciertos sacrificios.

Ragnar sacó de su bolsillo un móvil de concha, con teclas para los números y una pantalla muy reducida. Ni que decir tiene que no era táctil.

—¡Menuda antigualla! —exclamó Ricardo, y procedió a disculparse por la impertinencia.

—No se preocupe, joven. Este aparato bien podría estar en un museo, pero tiene todo lo que necesito. Por eso no me termina de convencer esto —dijo, refiriéndose a la "recepción"—. Si algo funciona, ¿para qué complicarlo?

—Amigo mío, eso no es avanzar con el progreso —Respondió Ian, dándose cuenta de que el grupo escogido iba a ser una clientela difícil de complacer.

Pero ese era el propósito del viaje. Si contentaba a aquellos cuatro individuos, podría contentar a cualquiera.

El sonido de la bocina del barco sacó de su ensimismamiento al empresario.

—Ese es el sonido de que dejamos tierra firme. Hiro, quiero decir, el señor Kondo debe de haber iniciado ya el piloto del barco. Muy bien, amigos míos, es tarde, ¿qué les parece si van a ver sus camaritas y nos vemos en el comedor esta noche?

Y tras explicar cómo llegar a sus compartimentos y al comedor, Ian abandonó la sala.

—¿Ese idiota ha dicho camaritas? —dijo Nicole.

—Si, eso he oído —le respondió Ricardo.

—No se lo tengan en cuenta, seguramente quería decir camarotes —intentó apaciguar Ragnar.

—¿Cómo qué no? Si el barco es suyo no me inspira confianza que no sepa decir eso —continuó Nicole.

Darius intervino para calmar al grupo y les invitó a que disfrutaran de sus habitaciones antes de ir a cenar. Los cuatro le tomaron la palabra y se dirigieron a sus camarotes.

Capítulo 3

Iustine avanzaba por el corredor que conectaba los camarotes. A su lado iba Ricardo, cuyo compartimento estaba en la misma dirección.

—Qué raro que nos hayan dado camarotes separados. Ya que sólo somos siete, podían habernos puestos juntos —observó éste.

—Sí —se limitó a contestar Iustine, que en el fondo pensaba para sí—: <<Seguramente les preocupaba que nos molestáramos unos a otros>>

Al llegar al camarote de Iustine, ésta se despidió y abrió la puerta.

—¿Quieres que te avise para presentarnos juntos en el comedor? La verdad es que me da algo de corte ir solo.

Iustine aceptó. Entendía perfectamente a Ricardo. Era el único de ellos con el que parecía haber hecho buenas migas. Además, la idea de quedarse a solas con la impetuosa Nicole, el charlatán Ragnar, el exagerado Ian o el robótico Hiroshi la aterraba por alguna extraña razón.

<<Vaya un grupo somos>> —pensó para sí.

Darius era el único de ellos que le parecía más cercano. Sin embargo, sentía que la hostilidad entre aquel grupo se debía a algo.

Descartó este pensamiento de su cabeza. Era imposible que hubiera relación entre ellos. No se habían conocido antes del viaje, con la excepción de Ragnar, que dijo trabajar para la cadena HHR de Ian.

Todas estas elucubraciones pasaban por la cabeza de Iustine mientras se acomodaba en su camarote. Echó un vistazo a su alrededor. La verdad es que la habitación era de su agrado. Estaba decorada con mejor gusto que la recepción.

Se trataba de una habitación suficientemente grande para dar cabida a una cama, dos mesitas auxiliares a cada lado coronadas con lamparitas de pie situadas sobre éstas, un armario empotrado en la pared con perchas disponibles para dejar la ropa, una televisión de pantalla plana colgando de la pared justo enfrente de la cama y un escritorio bajo ésta con una silla para hacer uso del mismo. En la pared opuesta a la puerta de entrada había un ventanal que hacía las veces de puerta para salir a un balcón desde el que poder tomar el aire y ver el mar, si eras de los que no se mareaban en los barcos. A la izquierda de la entrada había un cuarto de baño con todas las comodidades. Definitivamente, IanHancock era mucho mejor ofreciendo calidad de alojamiento a sus huéspedes que decorando interiores.

Cuando Iustine hubo terminado de deshacer su maleta y colgar su ropa en el armario, se oyeron unos golpes en su puerta que la llamaban. Al abrir se encontró a Ricardo.

—Yo ya estoy listo. Si no has terminado no te preocupes, esperaré.

—Ya había terminado, voy contigo.

Comenzaron a recorrer el pasillo en dirección al comedor.

—Me alegro de que alguien como tú esté aquí. El resto del grupo me pone nervioso.

—¿Cómo yo? —Iustine hizo esta pregunta instintivamente. En el fondo entendía a lo que se refería Ricardo.

—Bueno… A ver… —Empezó a ponerse nervioso y se ruborizó—. Lo digo en el buen sentido.

Iustine intentó calmarle. No se había sentido ofendida sino todo lo contrario.

—¿Por qué te preocupan los demás? —le dijo ésta para desviar el tema de conversación.

—No me fío.

No esperaba una respuesta así. Es normal no fiarse de alguien que acabas de conocer horas atrás, pero fue la convicción con la que Ricardo pronunció aquellas palabras lo que extrañó a Iustine.

La pareja llegó al comedor. Saltaba la vista que era la sala acristalada que habían visto desde el muelle de embarque. Un enorme salón con mesas circulares de distintos tamaños repartidas por el centro. En la pared por la que habían entrado se encontraba una abertura que daba a la cocina, y en la que se veía a Darius preparando platos. Las otras tres paredes y el techo eran ni más ni menos que de cristal, y a aquella hora se podía ver el cielo estrellado de alta mar del Mediterráneo.

Mientras Iustine y Ricardo admiraban la escena, una voz les llamó desde la mesa central del comedor. Se trataba de Ian, y junto a él estaban sentados Hiroshi y Ragnar.

—¡Vengan! ¡Siéntense con nosotros!

Ricardo abrió la marcha seguida de Iustine, que se quedó algo rezagada cuando se dio cuenta de que, en una mesa separada pegada a la pared, se encontraba Nicole. Cuando llegó a la mesa del grupo, Ian pareció adivinar su pensamiento:

—Le dije que se sentara con nosotros. No puedo obligarla si no quiere. ¡Hasta había escogido esta mesa para que pudiéramos sentarnos todos juntos!

Darius, que había visto llegar a los dos últimos comensales desde la cocina, se acercó a la mesa para preguntarles por su cena. Ian les entregó una carta con el menú y Ricardo no pudo evitar que sus ojos se salieran de sus órbitas cuando leyó los platos de la carta. Se preocupó al ver que de primero sólo podía elegir entre solomillo Wellington o langosta. De nuevo, Ian pareció leer el pensamiento:

—¡Disfrútelo! Los gastos corren a cargo del viaje.

Ricardo pareció algo más calmado, pero seguía abrumado con la carta.

—Tomaré el… ¿solomillo? —decidió Ricardo finalmente.

—Yo dejaré que elija el chef —respondió Iustine con toda naturalidad.

—¡Oh! Esa era la respuesta correcta —dijo Ricardo.

—¡No hay respuestas correctas! —rio Darius—. Marchando dos solomillos Wellington. Enseguida os traigo a todos vuestros platos.

Darius desapareció tras la cocina. Iustine y Ricardo se quedaron mirando en su dirección un rato hasta que Ian, de nuevo leyendo sus pensamientos dijo:

—No se preocupen, cuando acabe de servir la comida se unirá a nosotros.

Los dos respiraron aliviados.

—Y, ¿De qué estaban hablando? —preguntó Ricardo.

—El amigo Ragnar nos hablaba de su trabajo —respondió Ian, dando una palmadita en el hombro del mencionado.

Ricardo palideció. Sintió como si hubiera abierto la caja de pandora. Otra vez una disertación sobre lenguas, vivas y muertas, como la que había escuchado en el viaje de llegada. Por suerte para él la conversación tomó un cariz diferente:

—Así es. Y les mencioné en el autobús de llegada que trabajo de traductor e intérprete. Lo que no les mencioné es que mi jefe es el aquí presente Ian.

—Bueno, jefe… más bien eres autónomo.

—La mayor parte del tiempo la empleo trabajando para usted, pero el sueldo es muy generoso —Ragnar miró a los jóvenes de la mesa—. ¿Saben? Tengo a mi entera disposición una habitación en el HHR de Roma para cuando quiera.

—¿Vive en el hotel? —dijo Ricardo, abriendo los ojos como platos y la boca inconscientemente.

—¡Ja! ¡Y tanto! No hay muchas personas que disfruten de una habitación vitalicia en un cinco estrellas.

—Bueno, bueno —le interrumpió Ian—. Nosotros ya hemos oído esa historia. ¿Qué tal darles la oportunidad de hablar a los recién llegados? —y mirando a los aludidos dijo—: ¿Ustedes a que se dedican?

Los dos jóvenes se miraron. Al ver que Iustine no se animaba a soltar prenda, Ricardo anunció con un tono algo elevado:

—Muy bien empezaré yo.

Por un segundo, a Iustine le pareció que Hiroshi, a quien tenía sentado en frente desviaba la mirada en un acto reflejo.

—Pues yo soy informático. Me dedico a la instalación y mantenimiento de redes. Lo único que puedo decir ahora mismo en que el Wi-Fi funciona perfectamente, señor Hancock.

Todos los de la mesa se rieron con la ocurrencia. Hiroshi pareció respirar aliviado como si hubiera esquivado una bala.

—¿Y usted, señorita Czer? —preguntó Ragnar.

—Ahora que lo dices, no has contado nada sobre ti en todo el viaje—espetó Ricardo.

Iustine se sentía acorralada y se limitó a dar una respuesta escueta y poco informativa.

—La verdad es que no me dedico a nada ahora mismo. He estado viajando, recorriendo Europa.

—¡Qué pasada! Cuenta, cuenta, ¿dónde has estado?

—Pues en Francia, Italia, España, Inglaterra... —Conforme iba recitando nombres su voz se iba apagando, y la lista era larga.

—¡Vaya! ¿Tantos sitios?

Iustine se limitó a sonreír. Se hizo un silencio que, para desgracia de la joven, IanHancock interrumpió con una revelación.

—¿No va a mencionar nada de su familia? ¡Vamos, querida!

—Bueno...

—¿Su familia? —preguntó Ragnar

—Su padre es ni más ni menos que Aloysius Czer, miembro de la alta sociedad europea y uno de los mayores marchantes de arte del continente. Es un gran amigo. Ha cerrado muchos tratos en mis hoteles, algunos incluso conmigo...

Ian se regodeaba más de sus contactos que la propia Iustine. Ésta se limitó a levantar la cabeza, que había tenido escondida entre las manos tras la revelación, y miró al resto de la mesa.

Antes de que nadie pronunciara nada más, Darius llegó con los platos y los sirvió. Solomillo para Iustine, Ricardo e Hiroshi y langosta para Ragnar e Ian. También traía un plato de solomillo para él, pero antes de sentarse fue a hablar con Nicole en la mesa apartada del resto.

Ricardo se quedó mirando las viandas que el cocinero había colocado sobre la mesa. Los solomillos estaban jugosos y acompañados de guarnición de ensalada y patatas. Las langostas también estaban acompañadas de ensalada y una salsa que no pudo identificar. Se quedó abrumado ante tantos manjares.

Cuando hubo vuelto, Ricardo le dijo:

—¡Todo tiene una pinta buenísima!

—Espera a que lo pruebes —se limitó a responderle este.

—¿Qué tal con la reina del hielo?

—No seas malo. Se acabará uniendo a nosotros, seguramente —se limitó a contestar.

Ricardo le guiñó un ojo a Iustine. Había entendido perfectamente que ella no quería hablar del tema de su familia e hizo un cambio brusco en la conversación.

El resto de la velada transcurrió más apacible. Mientras comían, hablaban del barco y del viaje. La mayor parte se la pasó Ian ensalzando las instalaciones de la nave que enseñaría al grupo a la mañana siguiente, volviendo a su papel de guía que tanto le gustaba.

—La comida estaba buenísima. Mis felicitaciones al chef.

El grupo empezó a aplaudirle.

—No se merecen. Sólo he hecho mi trabajo… —Darius enrojeció. No parecía saber encajar muy bien los elogios.

Tras esto, Nicole se levantó de su mesa y se fue de la sala, negando la premonición que hizo Darius minutos antes. Hiroshi fue el siguiente en despedirse del grupo tras el cual, todos se levantaron de la mesa. Antes de salir de la sala Ian les recordó:

—Mañana les haré una visita guiada por la nave. ¡Les recomiendo encarecidamente que no se la pierdan! Empezaremos a las diez en la cubierta de popa, para que tengan tiempo de descansar y prepararse.

Los viajeros se despidieron y cada uno se fue a su camarote, a la espera de lo que llegaría por la mañana.

Capítulo 4

Daban las diez de la mañana y todos, menos Ricardo, se habían reunido para la visita guiada prometida.

IanHancock había madrugado y esperaba allí a los pasajeros, junto con Hiroshi Kondo, que también llegó pronto.

—Parece que el señor Alonso no se va a presentar —dijo Ian contrariado.

—Creo que deberíamos esperarle un poco más—insistió Iustine.

Por suerte para Ricardo, la insistencia de su amiga permitió que llegara a tiempo al comienzo de la visita.

—Señor Alonso, casi empezamos este tour sin usted.

Ricardo, que llegaba jadeando, respondió airado:

—¡A mí no me culpe! ¡Anoche dijo en popa!

—¿Si?

—¡Esto es proa!

—Vaya, mil perdones— y con mucha ceremonia añadió—: ¡Empecemos!

Iustine se acercó a Ricardo y le susurró:

—No te preocupes, a todos nos ha pasado lo mismo. Solamente hemos llegado antes.

Ricardo aun intentaba recuperar la respiración y vio a Nicole, diciéndole con el simple gesto de llevarse un dedo a la sien que al anfitrión le faltaba un tornillo.

Al igual que hiciera el primer día, Ian Hancock abrió la marcha con Hiroshi siguiéndole de cerca como una sombra. Su primera parada fue el comedor de cristal en el que habían cenado la noche anterior. Ian alabó al arquitecto que lo diseñó, la decoración modernista y otro montón de fruslerías que al grupo no le interesaban. Hiroshi decidió intervenir para dar datos más concretos como el aforo del restaurante o las prestaciones de la cocina, que Darius corroboró.

La visita siguió por un salón de juegos con barra de bar algo pobre en bebidas. Ian se excusó diciendo que se llenaría en los viajes con mayor afluencia de clientes y que contaría con bebidas para todos los gustos. Ricardo desvió su atención hacia unas mesas situadas en una esquina.

—¿Eso son mesas de póquer?

—Bueno, se puede jugar a todo tipo de juegos de cartas en ellas. Incluso a algunos que no son de cartas como el mahjong.

—Vaya. Ya sé dónde me voy a pasar todo el viaje. ¿Alguien se apunta a una partida de mentiroso?

Fue una elección curiosa de juego. Nadie respondió a la pregunta.

—También dispone de mesas de billar en aquella zona de allí, si lo desea —le respondió Ian, que parecía alegre de haber vuelto a captar su atención.

La ruta siguió por el resto de instalaciones del crucero: un gimnasio, un spa, algunas tiendas que actualmente estaban vacías y que, según Ian, pensaban llenar con las marcas más relevantes del mercado…

Finalizaron en la piscina de popa, tras recorrer todo el barco de punta a punta. Se trataba de una estructura semicircular a rebosar de agua, con un pequeño bar en la zona recta donde suponían se servirían cocteles cuando contaran con un barman en los viajes oficiales. En la orilla del lado opuesto se repartían hamacas con sombrillas para proteger a los pasajeros del sol del Mediterráneo.

Con esto, Ian concluyó la visita, pero no fue suficiente para algunos de los oyentes que reclamaron visitar una última zona:

—¿No nos vais a enseñar el puente de mando? —pidió Ricardo, de un modo algo infantil.

—¡Tiene razón! ¡Yo me he apuntado a esta visita sólo para ver ese "milagro tecnológico"! —secundó Nicole.

—Ciertamente, sería muy desacertado por su parte, señor Hancock, no ponerle la guinda al pastel de este tour —incluyó Ragnar.

—¡Ja! ¡Tenéis razón! No se puede ir a Londres y no ver las joyas de la corona.

—¿Está seguro de esto, señor Hancock? —preguntó Hiroshi.

—¡Pues claro! Estos van a ser los invitados más importantes que tenga este crucero. Deben quedar satisfechos o nada de esto habrá tenido sentido.

Hiroshi aceptó a regañadientes. Iustine no tenía mucho interés en ver un panel con instrumentos náuticos que no iba a entender. Darius, por su parte, si sentía curiosidad, aunque no lo hubiera manifestado.

El grupo fue conducido de nuevo por su guía hasta lo alto del barco. Llegaron hasta la puerta de la cabina de mando, que estaba cerrada y que requería una contraseña para ser abierta. Ian introdujo dicha clave en el dispositivo con cuidado de que los demás pasajeros no la vieran.

—*Et voilá!* —exclamó al entrar en la sala.

Vista así, parecía una sala de mando como la de cualquier otra nave. Exactamente lo que Iustine se imaginaba y que no le iba a generar interés alguno.

—¿Por qué no nos cuenta más sobre cómo funciona este "milagro tecnológico"? —Nicole volvió a emplear la misma expresión con retintín.

Ian pareció no encontrar palabras con las que arrancar e Hiroshi salió en su ayuda. Les contó cómo habían creado un software capaz de calcular el rumbo ante cualquier adversidad climatológica sin necesidad de supervisión humana y cómo habían centralizado toda la logística del barco en aquella sala.

—¿Y eso, amigo mío? —dijo Ragnar, señalando a unos monitores situados en la pared izquierda.

—Oh, es la sala de seguridad, que hemos incluido en el puente de mando para que sólo una persona se encargue de la supervisión de todo desde aquí. Una genialidad del señor Hancock. Sólo una persona para controlar todo el barco.

—¿Y tenemos a esa persona a bordo? —insistió Ragnar

—Por supuesto —Hiroshi pareció ofendido ante la pregunta—. Soy yo.

—¿Tienes conocimientos de náutica? ¿O de navegación, siquiera?

—Bueno… la verdad es que no. Pero no nos harán falta. Se lo garantizo.

Ragnar no pareció quedarse conforme con esa respuesta. Estaba claro que no terminaba de confiar en una máquina sobre un ser humano.

—En fin, doy por finalizada esta visita. Paseen a su gusto por el barco. Si necesitan algo, no duden en preguntarme algo a mí o a mi socio.

Todos salieron del puente de mando. Ian e Hiroshi fueron los primeros en dejar el grupo. Nicole, que se había quedado algo apartada del grupo recibió una propuesta inesperada por parte de Darius:

—¿Te apetece bajar esta tarde a la piscina?

—¿Estás seguro? Allí va a estar todo el mundo —se limitó a responder ésta.

—¡No seas así! ¡Te divertirás! O quizá te relajes al menos.

Ricardo no pudo evitar soltar otra risita pícara. Se sentía como quien espía por el ojo de una cerradura.

—¿Qué te ocurre? —le preguntó Iustine.

—¿Crees en el amor a primera vista?

Pilló a Iustine completamente desprevenida. Él se limitó a señalar a la pareja compuesta por Nicole y Darius, que se alejaban juntos por el pasillo.

—¿Nicole y Darius? —sijo, algo aliviada—. ¿Tú crees?

—¡Salta a la vista!

Tras unos segundos de silencio, añadió:

—La verdad es que el plan de ir esta tarde a la piscina me gusta. Quizá me apunte, aunque les dejaré espacio a la parejita.

Iustine se rio ante la ocurrencia, pero decidió que se reuniría con ellos en la piscina.

Capítulo 5

El mediodía se desarrolló sin ninguna novedad. No llegaron a cruzarse entre ellos ni para la hora de comer, únicamente con Darius que preparaba la comida. No fue hasta la tarde en la piscina que se reencontró el grupo, tal y como habían acordado.

Iustine llegó y escogió una tumbona. Ricardo, que estaba ya en el agua la vioaparecer y le indicó una que estaba a su lado. Al lado opuesto de la piscina, sentada en el bar se encontraba Nicole y, al otro lado de la barra, sirviéndole cócteles estaba Darius. Ragnar también se encontraba allí, pero tumbado sobre una hamaca separado del resto. De quien no había rastro era de los anfitriones.

Tras acomodarse, Iustine se dirigió al agua para reanudar su conversación de la mañana. Él no dejaba de mirar a Darius y Nicole en el bar.

—Quien me iba a decir a mí que alguien tan arisco como Nicole encontraría a su media naranja en este viaje.

—¿Media naranja? ¿Ya los estás emparejando?

—¡Mírala! ¡Si hasta sonríe! Casi parece que la reina de hielo tenga corazón y todo.

Ricardo dejó a un lado su alma de celestina ahora que Iustine se había incorporado y decidió atreverse a preguntarle:

—Por cierto, eso de que eres de la nobleza... ¿es cierto? —Iustine pareció cerrarse en banda, a lo que Ricardo añadió—: No hace falta que hablemos de ello si no quieres. Era mera curiosidad. Nunca he conocido a alguien de la realeza, ¿sabes?

—¡De la realeza! Me estas ascendiendo —respondió con una sonrisa. Decidió lanzarse a hablar—. Mi padre es descendiente de una poderosa saga del siglo XX venida a menos. Supongo que eso me hace a mí también parte de la élite —No pareció estar muy a favor de esta última afirmación.

—Tu vida tiene que ser una pasada.

—Para nada. Mi padre es empresario por encima de todo. Mi rol en la vida es acompañarle en sus viajes y dar la imagen de una hija ejemplar.

—Tampoco pareces una malota precisamente.

Iustinerio de nuevo.

—¿Y lo de ir a fiestas en mansiones? —continuó Ricardo—. Bailar el vals disfrazado con antifaces...

—¿De qué siglo has salido tú?

—Y luego el antiguo es Ragnar, ¿verdad?

Tras volver a reír, Isutine prosiguió la conversación:

—La verdad es que llevo una vida normal: Salgo con mis amigas, quedo con mi novio —Ricardo desvió la mirada durante un segundo al oírlo—, busco mi propósito en la vida...

—Vaya, que profundo. Pero te entiendo.

En la barra del bar, Nicole se levantaba con un vaso de lo que parecía mojito y dejaba a Darius a solas. Ricardo aprovechó para convencer a Iustine de que asaltaran al chef para freírle a preguntas sobre su anfitrión. Iustine aceptó más por desviar el tema de conversación que por curiosidad.

—Hola, señor cocinero —abrió Ricardo la conversación—, tomaré la información más jugosa que tenga sobre el señor Hancock.

Iustine desvió la cabeza con vergüenza al oír la entrada de Ricardo. Darius, por su parte, se limitó a reír y a hablarle a los recién llegados en tono confidencial.

—Muy bien, señor cliente, le aseguro que tengo los platos más interesantes que puedan escuchar sus oídos —le respondió, siguiéndole el juego—. Ahora en serio, ¿qué queréis saber? No esperéis mucho de mí.

—¿No sois amigos de la infancia? —esta vez preguntó Iustine.

—Así es, pero hace mucho que nuestra relación se enfrió. No sé lo que ha estado haciendo estos últimos seis años, así no me preguntéis nada sobre este barco o sus negocios.

—Yo lo que quiero saber —continuó Ricardo— es si ya era tan irritante desde pequeño.

—¡Uy, si! Pero era el que se atrevía a luchar por salirse con la suya. A Lucas y a mí nos traía de cabeza.

—¿Lucas?

—Si —Su rostro pareció evocar un tiempo pretérito—. Los tres formábamos un equipo imparable. Lucas era el de las ideas, Ian el que las ejecutaba y yo la voz de la razón que les impedía pasarse de rosca.

—¿Y ese Lucas no ha venido al viaje?

—No creo que hubiera venido aunque se lo hubieran propuesto.

Esta última afirmación extrañó a la pareja de recién formados periodistas sensacionalistas. Darius continuó hablando como si no hubiera tenido la mayor trascendencia.

—Además, a mí me necesitaba. ¿Dónde iba a encontrar un cocinero de fiar si no?

—Desde luego ha acertado contigo.

—Gracias. Lleva tiempo queriendo incorporarme a alguno de sus hoteles, pero yo la verdad es que soy feliz con mi restaurante de Londres.

Interrumpieron la conversación cuando vieron llegar a Ian y a Hiroshi. Ian se separó de su socio y se fue a hablar con Ragnar. Hiroshi, por su parte, se acercó al grupo.

—Buenas, ¿Cómo están pasando el viaje?

—Yo ya me iba —dijo Ricardo inesperadamente

Cumplió su promesa inmediatamente y se dirigió a su hamaca a recoger sus cosas, pasando junto a Ragnar e Ian. Iustine se fijó que Nicole también había desaparecido de la cubierta.

Hiroshi volvió la vista a las dos personas que se habían quedado a la espera de una respuesta, que habían olvidado por completo exteriorizar.

—Una pregunta —dijo de repente Darius—, ¿por qué estoy yo aquí exactamente?

—Necesitábamos a alguien que preparase la comida. Alguien con talento.

Darius se empezaba a sentir cohibido con tanto elogio, pero sacó fuerzas e insistió.

—Me refiero a que hay mucha gente que podría haber destacado más.

—Fue Ian el que insistió. Creían que eran amigos. Debe de conocer sus capacidades muy bien.

—Alégrate —intervino Iustine—, al menos tú estás aquí por méritos propios y no por quien sea tu familia —dijo con un tono amargo en la voz.

—Eso no es… —comenzó diciendo Hiroshi, pero se interrumpió—. Sabes, señorita Czer, no debería avergonzarse de su familia. Es más, ¡presuma de ella! Yo siempre presumo de mi hermana siempre que puedo. Es una doctora de primera.

—¿De verdad? —dijo Darius.

—¡Claro! Se le da su trabajo como a usted la cocina.

Un chapuzón les interrumpió. Se trataba de Ragnar que había decidido entrar al agua por fin. Hiroshi buscó a Ian, que debía haber abandonado la cubierta en algún momento. Al no encontrarle decidió despedirse e ir en su busca como un satélite. Mientras Ragnar ya se había salido del agua y se estaba preparando para irse.

—Creo que yo también me iré. Tengo que preparar la cocina antes de la cena —dijo Darius.

—Yo también me iré entonces —decidió Iustine.

Comenzó a recoger sus cosas y miró a la piscina vacía. Por algún motivo tenía la sensación de que algo iba a ocurrir. Había algo raro en el comportamiento de aquellas personas.

Decidió no darle más vueltas. Seguramente serían imaginaciones suyas.

Capítulo 6

Iustine volvía a su camarote cuando se encontró con Ricardo, que la estaba esperando a su puerta. Llevaba la toalla y ropa bajo el brazo. La joven se fijó en que aún iba vestido con bañador y tenía el pelo mojado. Se extrañó. Ricardo había abandonado la piscina un buen rato antes.

—¡Iustine! —le indicó el informático al verla llegar —Perdona que te pida esto pero… ¿Me puedo duchar en tu camarote?

Esta petición pilló por sorpresa a Iustine.

—¿Ocurre algo? —preguntó como acto reflejo.

—La ducha de mi camarote no funciona. ¡Vaya barco!

Eso explicaba por qué Ricardo seguía en bañador.

Qué raro…

—¿Verdad? No hay agua en mi baño. Eres la única que sé dónde tiene su camarote. Espero que no sea una molestia.

Iustine abrió la puerta de su camarote e invitó a su nueva amistad a pasar. Agradecido, Ricardo fue directo al baño. Salió unos segundos más tarde.

—Pues no he dicho nada. Tú tampoco tienes agua. Y yo que me creía especial.

Iustine decidió comprobarlo por sí misma. Efectivamente, tal y como Ricardo había advertido, de la alcachofa de la ducha apenas salieron unas gotas como respuesta al accionar el grifo.

—¿Y ahora qué? —preguntó Ricardo.

—Deberíamos avisárselo a Ian o a Hiroshi.

—Hiroshi dijo que ante cualquier problema le avisáramos. Le toca hacer su trabajo.

Los jóvenes, aún en ropa de baño y empapados hasta las cejas del agua de la piscina, salieron a recorrer el barco en busca de alguno de los organizadores. Tardaron mucho en encontrar a Hiroshi, que ya estaba siendo asaltado por Nicole y Ragnar en el hall principal.

Iustine dedujo por su tono de voz elevado y su ropa, aún de baño, que habían sufrido el mismo contratiempo que ellos dos. Se acercaron al grupo a incorporarse a la querella.

—... y parece que no somos los únicos —finalizaba Nicole una frase anterior al verles llegar.

—¿Ustedes tampoco tienen agua? —preguntó Ragnar.

—Pues no —respondió Ricardo. Y añadió—: Lo cual es irónico estando en un barco.

—¡Y que lo diga, jovencito! —rio Ragnar.

Hiroshi parecía más nervioso de lo normal. Y la llegada de los dos últimos pasajeros no hizo sino aumentar su tensión.

—Bien. Lo comprendo. Enseguida me ocupo de ello. En cuanto... —El cielo pareció abrirse para él cuando vio a Darius aparecer por la puerta del comedor—. ¡Ah! ¡Señor Smith! ¿Ha visto al señor Hancock?

Darius se acercó al grupo.

—¿A Ian? No. No desde que dejó la piscina, al menos.

Hiroshi se mordió el labio. Darius notó su preocupación y preguntó:

—¿Ocurre algo?

—Pues… —Hiroshi echó un vistazo al grupo. Todos los pasajeros estaban alrededor suyo, mirándole. Se lanzó—: La verdad es que no encuentro al señor Hancock desde entonces. Y ahora me vienen con el asunto del agua. Estoy algo desbordado…

—¿Puedo hacer algo? —preguntó Darius.

El resto del grupo permaneció en silencio mientras Hiroshi pensaba en una respuesta.

—Bueno, creo que puedo solucionar el problema del agua. Iré a la sala de máquinas. Allí están la depuradora y la bomba de agua. Seguramente el fallo esté allí. Si se cruzan con Ian… con el señor Hancock, ¿le pueden decir que le estoy buscando?

Los pasajeros asintieron al tiempo que Hiroshi se alejaba por un pasillo. Le vieron bajar por las escaleras. No era raro que la sala de máquinas estuviera a la altura de la línea de flotación.

Darius observó la estampa de aquellos cuatro individuos, empapados y aún en traje de baño y les preguntó:

—¿Qué ha ocurrido aquí exactamente?

Entre los cuatro pudieron hacerle un resumen de la situación. Mientras debatían sobre la situación del barco se oyó un grito desgarrador que les asustó. Un minuto después, Hiroshi volvía a aparecer por la escalera, pero esta vez jadeaba y estaba pálido como la tiza.

—¿Has visto al fantasma de la sala de máquinas? —bromeó Nicole.

—Es… Es… Es Ian…

Hiroshi dirigió al grupo escaleras abajo. Le costaba andar recto. Temblaba. Lo que hubiera visto debía de ser verdaderamente horrible.

Se detuvo delante de una puerta de hierro franqueada por un panel con contraseña, aunque no hacía falta introducirla. La puerta estaba abierta de par en par.

Uno por uno, fueron entrando en la sala, con la excepción de Hiroshi, que se sentó en el suelo en el exterior de la habitación. Parecía que en cualquier momento iba a perder el conocimiento.

Al pasar a la sala, los demás comprendieron el motivo de su horror. La sala de máquinas parecía una sala normal y corriente, con un motor enorme en la pared frontal, generadores, compresores y otra maquinaria difícil de describir para el ojo poco versado en la materia. En la pared derecha se situaba la famosa bomba de agua y debajo…

Debajo…

El cuerpo de Ian Hancock. Sin vida. Con una mancha roja en la nuca. Un charco de enormes proporciones, del mismo color, lo rodeaba.

Los cinco que habían entrado en la sala se quedaron en shock. Nadie fue capaz de articular una palabra. Ni siquiera parecía que respiraran.

Finalmente, Darius se acercó al cuerpo torpemente, lo que le permitían sus fuerzas. Se arrodilló al lado de su cabeza, manchándose las rodillas de sangre y la giró levemente. Miró a sus ojos, ahora sin vida y le tocó la mancha de la nuca.

—Está… muerto —balbució.

—¿Cómo? —dijo Ragnar, saliendo del estado de shock, pero con apenas voz.

—Le han abierto la cabeza. Alguien lo ha matado.

Al igual que habían entrado, fueron saliendo: Uno por uno. Sólo Iustine y Darius se quedaron en la sala.

Iustine se arrodilló junto al cadáver del que fue su anfitrión hasta sólo unas horas antes. Tocó la mancha del suelo y se miró la mano. Luego se fijó en que la ropa de Ian estaba mojada.

Darius seguía paralizado sujetando la cabeza de su amigo entre sus brazos. Iustine se acercó a él mientras se llevaba toda la habitación con la mirada.

—¿Estás buscando algo? —le preguntó Darius, que parecía no estar observando a Iustine, pero era consciente de todo lo que ocurría a su alrededor.

—Si. Algo importante. ¿Dices que a Ian le han golpeado en la nuca?

—Si… —le respondió Darius, al tiempo que apartaba levemente la mano de la herida para que la joven la observara.

—Entonces, ¿Dónde está el arma?

—¿Arma?

—Le golpearon con algo. Y no hay sangre en ningún lugar de la sala. Nada más que alrededor del cuerpo.

Darius asintió.

—Hay que avisar a la policía —dijo este con las pocas fuerzas que le quedaban.

Iustine le ayudó a levantarse, dejando tendido el cuerpo de su amigo sobre la enorme alfombra de sangre.

* * *

—¿Es real? ¿Está muerto? —preguntó Hiroshi conforme salían la joven y el amigo del fallecido.

Darius no pronunció ni una palabra, pero fue lo suficientemente expresivo como para transmitirle la respuesta.

—Hay que llamar a la policía —instó Ricardo—. A los guardacostas, a la interpol, ¡a quién sea!

—Ya me ocupo yo —Tomó la iniciativa Nicole, que sacó su móvil—. Qué raro…

El resto se la quedó mirando, a la espera de que aportara más información.

—No hay cobertura. Ni conexión a internet —finalizó—. ¿No se supone que este barco tiene de todo?

Hiroshi, alarmado, sacó también su teléfono y corroboró la afirmación de Nicole.

—¡No puede ser! ¡Esto no debería estar pasando!

—¡Calma! —intervino Ricardo—. Si la red falla, vayamos a intentar arreglarla.

—Si… Por supuesto.

La pareja de ingenieros se preparaba para marcharse cuando Iustine les interrumpió.

—¿Hay cámaras de seguridad en el barco?

—Naturalmente —le respondió Hiroshi.

—¿Se pueden ver las grabaciones?

Hiroshi tardó en responder. Aún estaba algo distraído con la situación, pero se dio cuenta de lo que quería Iustine.

—¡Claro! ¡Las grabaciones! Esta zona está bajo vigilancia. ¡El asesino tiene que salir en ellas!

Más animado, salió disparado hacia el puente de mando, seguido de cerca por el resto del grupo que quería conocer el desenlace a este caso.

Llegaron a la puerta del puente de mando e Hiroshi introdujo la contraseña en la puerta. Ésta se abrió y permitió el paso al grupo.

Se acercaron a las pantallas de las grabaciones. Todos menos Ricardo que comenzó a revisar los equipos de red. Para él esa era su prioridad.

Se llevaron una inmensa decepción cuando descubrieron que las cámaras habían sido desactivadas de 19:30 a 20:00, la hora del crimen. No había nada de utilidad en ellas.

Hiroshi entró en pánico.

—¡Imposible! Para hacer esto alguien tenía que haber entrado aquí.

—Pues alguien lo hizo —añadió Ricardo—. La red no falla… porque no está conectada. Han desactivado la conexión con la cuenta de administrador.

—¿No puedes arreglarlo? —preguntó Ragnar.

—No lo has entendido. Me pide una clave de seis dígitos para poder acceder al sistema informático. Sin ella no puedo modificar nada sin más equipamiento—miró a Hiroshi esperando que le sacase de aquel atolladero.

—No sé la clave… Fue Ian quien la introdujo y no se la reveló a nadie.

—Pues por lo menos una persona más la sabía —le replicó—: El asesino, o no habría podido cortar la red.

—¿Y para qué haría alguien eso?

—Para aislarnos —respondió Iustine.

Se hizo el silencio en la sala, que rompió Hiroshi:

—¡Estáis locos! ¡Uno de vosotros está loco! —y comenzó a señalarles uno a uno.

—¿Estás de broma? —dijo Nicole.

—Por desgracia, ha abierto una puerta muy importante —intervino Iustine—: Alguien ha matado a Ian Hancock. Alguien ha borrado las grabaciones. Alguien nos ha incomunicado. Y ese alguien es uno de nosotros.

Capítulo 7

La tensión se hizo palpable en aquella sala. Todos comenzaron a mirarse con desconfianza.

—Uno de nosotros… —repitió Darius automáticamente.

—Pero… —continuó Nicole—. ¿Insinúas que uno de nosotros seis es un psicópata que nos ha incomunicado para matarnos uno a uno?

—No necesariamente.

Se produjo un silencio a la espera de que Iustine se explicara.

—Quizá era personal sólo contra Ian.

—¿Y lo de aislarnos?

—Para deshacerse de las pruebas.

—¿Qué pruebas? —Nicole comenzaba a perder la paciencia.

—El arma del crimen.

—¿Arma?

—A Ian le golpearon en la nuca con un objeto contundente. He inspeccionado la sala de máquinas y no hay nada manchado de sangre que pueda haber actuado como arma.

—¿Y si el asesino lo limpió?

—Tuvo media hora para desactivar las cámaras, citar allí a Ian, matarle y, ¿encima limpiar el arma? Además la sala estaba vacía. Ni siquiera una tubería o una herramienta que pudiera haber sido la causa de la herida.

—¿Entonces?

—El asesino se llevó el arma. Es posible que aún la lleve encima.

—¡Muy bien! ¡Registradme! —insistió Nicole—. No llevo nada encima.

—¡A mí también! —secundó Ricardo.

Iustine asintió y miró al resto de los hombres de la sala. Darius aceptó, aún sin ser muy consciente de lo que hacía: La muerte de su amigo le había causado una fuerte impresión. Hiroshi aceptó a regañadientes. Ragnar no puso objeciones, pero aseguró que sería una pérdida de tiempo.

—¿Por qué lo cree? —dijo Ricardo.

—¿Qué clase de chisme creen que podría llevar encima cualquiera de nosotros? —Y realizó un giro teatral como el que hacen los magos acompañado de las palabras "nada por aquí, nada por allá".

La verdad es que aún estaban en ropa de baño. Debido al incidente de la ducha estropeada, ninguno de los presentes había tenido la oportunidad de ponerse mejor ropa.

Aun así, para evitar sospechas, todos accedieron al registro. Las mujeres se revisaron entre ellas, mientras los hombres hacían lo propio por separado. Naturalmente el resultado fue fútil.

<<No lo entiendo —pensó Iustine para sí—. Al menos alguien debería tener manchas de sangre encima. La sangre tuvo que salpicar al asesino. No puede haberse lavado tan rápido y menos con las duchas estropeadas>>.

Iustine se volvió a acercar al monitor de seguridad. Intentaba averiguar cómo revisar las grabaciones cuando Ricardo se le acercó.

—¿Me permites?

—¿Sabes cómo funciona esto?

—¡Claro! ¿Qué quieres ver?

—Las grabaciones después del fragmento perdido.

Iustine esperaba comprobar si alguien pudo haber salido a cubierta corriendo y haber vuelto, pero al volver la imagen ya se veía a Nicole y Ragnar hablando con Hiroshi, a ella y a Ricardo buscándole juntos por el barco y a Darius en la cocina con la comida a medio preparar, lejos de la cubierta.

Ricardo lanzó una teoría:

—¿Y si el asesino escondió el arma en su camarote?

—¿Tú crees?

—Están más cerca de la sala de máquinas que la cubierta. Puede que el culpable metiera el arma allí con la esperanza de tirarla por el balcón cuando nadie le viera. No hay cámaras en las habitaciones.

—Puede ser.

—Y si el arma estaba manchada de sangre tiene que haber dejado un rastro. ¡Vamos a organizar un registro de los camarotes!

Iustine no pensó que eso fuera muy buena idea y no entendía por qué Ricardo estaba tan entusiasmado, pero tampoco tenían nada que perder. Pensó que podría obtener información de sus compañeros de viaje. Además, estaba claro que el asesino les había incomunicado por algún motivo, y, si no era deshacerse del arma del crimen…

Naturalmente la respuesta del resto a la propuesta fue una rotunda negativa.

—¡De ninguna manera!

—¿Conoces el concepto de intimidad?

Tras una larga discusión, en la que Ricardo desplegó todo su arsenal de frases tópicas como "no tendríais de qué preocuparos si no fuerais culpables" o "ha muerto un hombre, hay que arrimar el hombro", accedieron a su petición, más por insistencia que por otra cosa.

* * *

El primer camarote que revisaron fue el de Ricardo. Ya que había tenido la idea e insistido tanto en ella, era justo que fuera el primero de la lista.

Su camarote tenía la misma disposición que los del resto. La diferencia radicaba en los objetos de su dueño esparcidos en la habitación: Una cámara de fotos digital sobre la mesita y una videoconsola portátil sobre la cama. Encima del escritorio se hallaba un ordenador portátil cerrado enchufado a la corriente. El resto de cargadores de los juguetitos de Ricardo se veían asomando en el cajón de la mesita de noche, mal cerrado. Registraron también el armario, en el que sólo había algo de ropa mal colgada.

Iustine pudo hacerse una imagen mental de la personalidad de Ricardo, Había aprendido esta curiosa habilidad tiempo atrás. Le veía como una persona amante de la tecnología y poco serio, a juzgar por el desorden. Nada nuevo hasta ahí. Estaba claro que priorizaba la tecnología a otros enseres… ¿Podía él mismo haber cortado los cables del servidor? Sabía lo que se hacía. Y también fue capaz de controlar el sistema de vigilancia. ¿Cuántos de ellos hubieran sido capaces de aprender tan rápido? Le pareció extraño.

El siguiente camarote al que se dirigieron fue al de la propia Iustine. Estaba tan ordenado que no parecía que hubiera dormido nadie allí la noche anterior. En una esquina estaba la maleta abierta con algo de ropa aún en ella. En el armario sólo estaba la ropa que ella había ido sacando esos días.

La impresión que le causó al grupo fue de alguien práctico, lo cual no estaba desencaminado con alguien como ella. El matiz que no alcanzaron a ver fue la falta de personalidad que había en todos sus enseres.Sus pertenencias hubieran arrojado muy poca luz sobre su forma de ser incluso a un experto en perfiles.

El tercer camarote fue el de Darius. Había ropa doblada encima de la cama y bien colgada en el armario. Su móvil se había quedado cargando en la mesita de noche. Había libros de pasatiempos en el escritorio, como sudokus y crucigramas.

Tal y como esperaba Iustine de un cocinero de renombre, daba la impresión de ser una persona metódica. Es más, parecía disfrutar de serlo. Esa misma tarde se había atribuido la cualidad de "voz de la razón" de su grupo de amigos de la infancia, del cual Ian formaba parte. Parecía el menos sospechoso por su reacción al ver a su amigo y, sin embargo, es el único que fue expresamente invitado por Ian, sin pasar una preselección. Vale que fue para trabajar de cocinero, pero también sabían poco de su relación con Ian. ¿Habría habido una pelea previa que desconocían? Solo podía conjeturar.

Nicole fue la siguiente. Si en el camarote de Iustine parecía no haber dormido nadie, en el de Nicole parecía haber dormido un regimiento. La cama estaba desecha, la ropa esparcida por las sillas y mesitas de noche. Nicole agachó la cabeza al verles pasar, avergonzada del desorden.

Definitivamente daba la impresión de persona impulsiva, que hace las cosas conforme las piensa. Iustine recordó la animadversión que desde el principio había tenido al fallecido magnate. ¿Sería eso suficiente motivo para matar para alguien como ella? Quizá.

Entraron al camarote de Hiroshi en quinto lugar. La imagen fue, cuanto menos, sorprendente. Encima de la cama y del escritorio había numerosos papeles, a simple vista esturreados sin sentido, pero no para Hisroshi.

—¡Ah! ¡Esperen! ¡No pueden ver eso!

Se fue corriendo y recogió los papeles, colocándolos en montones claramente ordenados por algún tipo de criterio. La ropa también estaba perfectamente colocada en el armario.

—¿Eso no será incriminatorio? —le preguntó Ricardo sobre los documentos que aún llevaba en la mano.

—No —contestó rotundamente—. Son documentos confidenciales de la empresa. No pueden verlos.

¿Llevaba documentos confidenciales de su empresa? ¿Y los leía en medio del viaje? Claramente la mente de Hiroshi debía de ser complicada de entender. Todo estaba en algún orden por algún motivo y sólo él era capaz de entenderlo. No parecían de los que son resilientes ante los imprevistos, más bien los que los prevén y minimizan el daño en caso de que ocurran. Esta situación debía estar desbordándole. Era el que más tenía que perder si Ian moría. ¿O no? También debía de ser un adicto al trabajo. ¿Estaría esto relacionado con la empresa para la que trabajaba?

El último en someterse a registro fue Ragnar. Nada sorprendente. Muchos trajes poco cómodos para un viaje por mar y numerosos libros de historia en una mesita y el escritorio, algo estropeados por el uso.

Definitivamente daba el perfil de alguien chapado a la antigua, a quién le importa la imagen que proyecta por encima de todo. ¿Sería de los que se ensucia las manos? Quizá por un buen motivo. Por otro lado, conocía a Ian del trabajo antes de subir al barco…

Eso le recordó algo a Iustine:

—Señor Jacobson, ¿No estuvo hablando con Ian en la piscina antes de que se fuera?

—¡Ah! Sí, es cierto.

A Iustine le sorprendió que la última persona que pudo hablar con la víctima con vida se olvidara completamente de este hecho. Tendría que añadir "tremendamente despistado" al perfil psicológico.

—¿De qué hablaron? Podría ser importante.

—La verdad es que de poco. Me pidió mi teléfono para algo.

—¿Su teléfono?

—Así es.

Ricardo intervino en la conversación.

—Ahora que lo dice, cuando me iba pasé por su lado. Vi a Ian con un papel en la mano.

—Puede ser... —Ragnar hizo memoria—. ¡Si! Lo sacó, me pidió el móvil y luego me lo devolvió. No sé qué podría haber en ese papelito. Parecía contento después de hablar conmigo.

—Hablar... Parece que no le dijo mucho. —intervino Nicole.

—Bueno... —Hizo un gesto de resignación con los hombros.

—No llevaba ese papel encima cuando lo hemos encontrado —dijo Iustine.

—Cierto —añadió Darius, que había registrado a su amigo antes de dejarle allí—. Lo único que llevaba encima era la tarjeta de su habitación.

—¡Vayamos allí! —anunció Ricardo.

—Ni hablar —respondió Hiroshi—. No me parece bien revisar las pertenencias de un muerto.

—Además, no ha aparecido nada que pudiera ser el arma —continuó Nicole—, a menos que el amigo Ricardo le golpeara con su portátil.

—¿Cómo iba a hacer eso?

—Sólo decía.

Iustine entró en la conversación.

—Ian recibe un papel, lo lee y, unas horas más tarde muere. Creo que ese papel es importante.

—Pues yo me retiro de esta caza de brujas —anunció Ragnar—. No ha arrojado ninguna luz. Y no pienso registrar a un muerto, como bien ha dicho el señor Kondo —miró al aludido—. ¿Y usted no debería estar en el puente de mando?

—¿Yo? —dijo Hiroshi, sobresaltado.

—Sí, usted. Alguien tiene que llevar este barco hasta tierra firme como mínimo. Usted sabrá, ¿no?

—S…sí, claro —No sonó muy convincente.

—Yo… iré a la cocina… imagino que querrán cenar esta noche.

Darius se retiró como alma en pena. Decía mucho de él que siguiera pensando en los demás cuando su amigo había aparecido muerto unas horas antes.

Nicole fue tras él. Antes de salir por la puerta dijo:

—Creo que es mejor que esté con alguien.

—Y si es contigo mejor —dijo Ricardo por lo bajo.

—¿Cómo?

—Nada, nada.

Los dos detectives en potencia decidieron ir ellos mismos a la habitación del difunto. Al llegar se encontraron con una habitación más grande que las del resto. Ianse había guardado la suite para sí mismo.

—¡Que callado se lo tenía! —exclamó Ricardo.

La suite era, naturalmente, de mayores proporciones que los camarotes regulares. Contaba igualmente con una cama en el centro de la habitación y un escritorio, pero en lugar de estar guardado con una silla, había un silloncito. La televisión también era de mayor tamaño que las de las habitaciones ordinarias, amén del armario que, además, estaba rematado con detalles en dorado.

La pareja comenzó a rebuscar entre las pertenencias de Ian el presunto mensaje que recibió antes de morir. Encontraron un montón de trajes muy llamativos y diversos abalorios muy valiosos, como relojes de lujo o gemelos con gemas de valor indescifrable.

La búsqueda dio sus frutos cuando Ricardo levantó una carterita con una mano. La cartera de Ian.

—¡Eureka! ¿Cuánto dinero crees que llevará encima?

—¿Vas a robarle?

—¡Claro que no! Es curiosidad. Cuanto puede llevar un multimillonario a modo de calderilla.

—Seguramente, menos de lo que crees. Tiene pinta de ser de las personas que paga a golpe de tarjeta.

Ricardo abrió la cartera y la premonición de Iustine se cumplió: Había apenas unos cincuenta euros en efectivo. Ricardo se decepcionó, esperaba encontrar un fajo de billetes como en las películas.

Le cedió el monedero a Iustine. Ésta comenzó a examinarlo. Era un monedero caro, de piel auténtica, acorde con el resto de pertenencias de la víctima.

Iustine se hizo el perfil mental de Ian: Una persona que no le importa presumir de lo que tiene, aunque lo haya podido ganar limpiamente; llamativo, estrambótico. También le pareció algo cruel, ya que se había quedado el camarote más grande para él y había dejado a su socio, Hiroshi, en uno estándar. Posiblemente era materialista, de las personas que valoraban las pertenencias por encima de todo.

Mientras pensaba seguía mirando en todos los bolsillos de la cartera. De uno de ellos cayeron una fotografía doblada por la mitad y un papelito. Iustine pensó que ese papel podía ser la clave del misterio y lo recogió. Al leerlo se llevó una sorpresa. En el papel únicamente había escritos una serie de números en apariencia aleatorios:

7773388663383302226661661644414666033660777332223372224446661660205552777707777444338330999063313 4442

Iustine leyó y releyó aquellos números. Los contó: 101 cifras. Incluso calculó la frecuencia de aparición de cada uno de ellos, pero no le decía nada.

—¿Ese es el famoso papel? —preguntó Ricardo, que veía a Iustine embelesada con él.

—Sí, pero no entiendo nada.

—A ver, déjamelo… —Iustine le pasó el papel a Ricardo—. Se me da bien buscar patrones.

Sin embargo, tampoco atajó nada.

Iustine se fijó en que tenía en la otra mano la fotografía de Ian. Ricardo se la enseñó.

—Fíjate.

Era una fotografía de tres jóvenes sonriendo a la cámara, cogidos por los hombros. Inmediatamente reconocieron a dos de ellos: Ian y Darius.

—¿Quién es el tercero? —preguntó Ricardo

—Podría ser ese tal Lucas —aventuró Iustine—. ¿Lo recuerdas?

—Si. Aquel amigo que tenían Ian y Darius. Al que no han invitado al viaje —se quedó mirando la foto fijamente y dijo—: Oye, ¿no te recuerda a alguien?

Ahora que lo mencionaba, a Iustine le sonaba haber visto esa cara en algún sitio. O una parecida. En la foto tendría treinta años menos. ¿Sería alguien famoso?

El rugir de una tripa interrumpió las elucubraciones de Iustine.

—Qué vergüenza —dijo Ricardo, dueño del estómago ruidoso—, no debería tener hambre en un momento así.

—No. Es normal —le consoló Iustine—. Ya es tarde. Me pregunto si Darius habrá tenido ánimos de hacer la cena.

—Me parece increíble que sea capaz de sacar fuerzas en un momento así.

—Si…

Finalizó guardando el papel en su bolsillo, ya le echaría un vistazo más tarde.

—Tengo que pasar por mi camarote a cambiarme al menos —dijo Iustine. Seguían llevando los bañadores.

—Yo también.

La pareja se dirigió adonde todo había comenzado aquella tarde: a la puerta del camarote de Iustine. Se despidieron y ella entró.

Algún tipo de instinto le dijo que se fuera directamente al baño e intentara abrir el grifo de la ducha.

El agua fluyó normalmente.

Capítulo 8

La noche cayó y Ricardo cumplió su promesa: fue a recoger a Iustine para la cena. Ella apareció arreglada y peinada, y vestida con ropa informal: camiseta de manga corta y unos vaqueros, además de su habitual diadema azul marino, que le daban un aspecto de muñeca de porcelana. Desde luego, mejor que la ropa de baño con la que había estado toda la tarde.

Ricardo se presentó con su mejor ropa, que no era muy chic precisamente. Llevaba una chaqueta de chándal que tapaba una camiseta de color verde chillón y unos vaqueros comunes. Miró de arriba abajo a Iustine, aunque no se fijó en la ropa.

—Veo que has podido quitarte el cloro de la piscina.

—Tú también —le respondió ella, viendo que tenía el pelo arreglado y recogido en su habitual coleta, aunque parecía que se lo hubiera secado aprisa y corriendo.

—Si. Me ha dado cuenta hará unos cinco minutos. Venía a avisarte, pero veo que ya no hace falta.

Los dos volvieron a recorrer el largo pasillo que, a estas alturas, se conocían de memoria. Sin embargo, la situación no fue como esperaban: ninguno se atrevía a articular palabra, y se miraban con algo de recelo. Las vivencias de la tarde empezaban a pasar factura ahora que mantenían la cabeza fría.

—Iustine —arrancó Ricardo—, ¿no sospecharás de mí, verdad?

La joven dudó por un instante si tranquilizarle o decirle la verdad: que no descartaba a nadie como sospechoso. La realidad es que nadie tenía coartada, ni siquiera ella misma, y eso lo sabía muy bien.

Esos segundos de duda sirvieron de respuesta a Ricardo.

—No se puede descartar a nadie —optó por la vía sincera—. Tampoco deberías descartarme a mí.

—¿Tu tenías algún motivo para querer ver a Ian muerto?

Iustine pensó en esas palabras. Ahí radicaba el principal problema de todo el asunto: el móvil. Nadie parecía tener un motivo para desearle la muerte a Ian. Ella, sin ir más lejos, sólo había cruzado un par de palabras con él, y siempre como acompañante en los negocios de su padre.

Sin embargo, esa pregunta iba a recibir respuesta muy pronto.

* * *

La pareja llegó al restaurante y se encontró un panorama bastante triste. Hiroshi y Ragnar estaban comiendo en mesas separadas, bastante alejados entre ellos. Darius y Nicole cenaban juntos en otra mesa pegada a la pared de cristal, si es que a aquello se le podía llamar cenar. El plato de Darius estaba intacto y el de Nicole apenas estaba empezado. Al verles entrar Nicole les avisó de que tenían un plato con un sándwich mixto, ensalada y patatas en dos mesas separadas.

Iustine lo entendió. El mismo pensamiento que les había asaltado por el camino debió de haber hecho mella en el resto de pasajeros. Le sorprendió que Darius hubiera tenido ánimos siquiera para hacer aquel sándwich y freír unas patatas.

Ricardo se acercó a una de las mesas con plato, lo miró enfadado y, acto seguido, lo cogió y se lo llevó a la mesa en la que se sentaban Darius y Nicole

—Todo esto me parece una tontería —dijo Ricardo, sentándose a la mesa—. Después de todo lo que has pasado sacas fuerzas para hacernos la comida y encima tengo que dejarte solo… —miró a Nicole—. Bueno, sólo no. Ya me entiendes.

—Ricardo, no es el momento… —le indicó Nicole con una mirada asesina.

—Déjale, no pasa nada —la interrumpió Darius, con apenas fuerza en la voz—. No me molesta.

Darius le dedicó una cálida sonrisa a su nuevo comensal, que llenó al informático de ternura.

Iustine decidió seguir la estela de Ricardo e hizo lo propio: cogió el plato que quedaba en la mesa solitaria y se sentó con el trío.

—¿Has cambiado de idea respecto a mí? —le preguntó Ricardo al tiempo que tomaba asiento.

—Tienes razón en algo. No se puede sospechar de nadie en concreto. No sirve de nada lanzarnos miraditas desconfiadas —A continuación, se dirigió a Darius—. Escucha. Perder a un ser querido es algo horrible. Si necesitas hablar con alguien de ello, o distraerte de esta situación, puedes contar conmigo.

—Gracias —se limitó a decir Darius, intentando recuperar la fuerza.

Ricardo y Nicole guardaron silencio durante las palabras de Iustine. Había algo en ellas que les hacía pensar que hablaba desde la experiencia propia. No tuvieron tiempo de darle vueltas mucho más a ello.

—¿Os importa? —Ragnar acababa de llegar y tomaba asiento con el grupo—. Yo ya he terminado de cenar pero espero que no os importe que me una a esta charla. Y que felicite al chef…

Hubo un deje extraño en sus palabras que nadie pareció notar. Iustine y Ricardo sólo pensaron en que no habían probado bocado todavía. Atacaron el plato.

—¡Esta riquísimo! —se limitó a decir Ricardo.

Estar rodeado de gente y recibir cumplidos por su trabajo animó a Darius, que empezó a comer.

El resto de la cena transcurrió con normalidad. Hubo risas y algo de conversación entre cinco personas que, al fin y al cabo, nunca se habían visto hasta dos días antes. Por un instante el atroz crimen cometido unas horas antes parecía haberse desvanecido.

Entonces Hiroshi se levantó.

Pasó por al lado de la mesa del grupo y les dedicó una mirada cargada de temor. Continuó su camino hasta que Ragnar lo interrumpió:

—Amigo Hiroshi, ¿no te unes a nosotros?

—¿Bromea?

La tensión no se había desvanecido ni un ápice de la voz ni la cara de Hiroshi.

—Hay un asesino a bordo de este barco. ¡Y está sentado a esa mesa!

Era un hecho que habían intentado obviar toda la noche, pero que seguía ahí. La desconfianza volvió a los ojos de todos los de la mesa, aunque ahora con menos intensidad.

Ragnar rio socarronamente.

—¿Y cómo está tan seguro de eso, señor Kondo?

—¿Cómo dice? ¿Me acusa del crimen?

—A ver, pensémoslo detenidamente —Ragnar juntó las manos y comenzó su desglose de la situación—. Tres de los miembros de esta mesa: Iustine, Nicole y Ricardo; no conocían a Ian de nada antes del viaje. Y mire a Darius, por favor, está destrozado. ¿De verdad le cree capaz de matar a su amigo y actuar tan bien?

—¿Y qué me dice de usted, señor Jacobson? —contraatacó Hiroshi.

—¿Yo? Le recuerdo que vivo en uno de los hoteles del señor Hancock a cambio de ofrecerle mis servicios como traductor. Con su muerte yo salgo perdiendo. ¡Me tendré que buscar una casa mucho menos lujosa!

—Ya, ya —Hiroshi esbozó una sonrisa—. Sólo que eso es verdad a medias. El difunto señor Hancock habló con usted para prescindir de sus servicios en pos de herramientas informáticas de traducción simultánea como algunas de las que desarrollamos en el ITCUC.

—¿De dónde saca eso?

—¡El propio Ian me lo dijo! —El ambiente estaba tan caldeado que fue la primera ver que Hiroshi no se refirió a Ian con el título de cortesía de señor—. Y sé que también lo había hablado con usted.

Ragnar calló. Estaba claro que había salido a la luz información delicada.

—Y el señor Alonso, Ricardo, ¿no les ha contado a que se dedicaba antes de su actual trabajo?

Se hizo el silencio en la sala a la espera de que Hiroshi prosiguiera. Todas las miradas estaban puestas en Ricardo.

—Ricardo trabajaba para el ITCUC. Estaba en el equipo de desarrollo del barco en el que nos encontramos hasta que lo despidieron.

—En todo caso —comenzó a hablar Ricardo—, debería estar enfadado contigo, no con Ian. Tú eras mi superior. ¡Tú me despediste!

—Fue una decisión fulminante que venía del propio Ian. Metiste las narices donde no te incumbía.

Ricardo se levantó de la mesa y apuntó con el dedo a Hiroshi mientras le respondía.

—¡Sabes tan bien como yo que Ian no es el creador de estos planos! ¡No tiene ni idea de barcos!

—Quizá no sea su inventor, pero es el dueño y eso es todo lo que importa.

—¿Y por qué no conocemos al auténtico inventor? ¿Por qué cuando se le preguntaba por la fuente contestaba con evasivas? ¡Ahí había algo turbio!

—¡Ya basta! ¡Por eso te despidieron!

—Prefiero no trabajar para una empresa que actúa de forma tan turbia.

—¡Ya está bien! —intervino Nicole—. ¿Os parece bonito pelearos como críos en una situación así? —no dejaba de mirar a Darius mientras hablaba.

—No te pases de lista. Tú también tienes lo tuyo, doña "sindicato".

Nicole no contestó. En su lugar se marchó de la sala sin mediar palabra.

—Es lista —dijo Ricardo—. Yo voy a hacer lo mismo —Acompañó sus palabras de la acción.

Hiroshi salió detrás de él.

Se hizo el silencio en la mesa, a la que sólo quedaban sentadas tres personas.

Iustine se había quedado mirando a Nicole desde que había salido de la sala. Miró a los dos hombres que se habían quedado con ella a la mesa y pensó en marcharse. Se despidió algo tensa por la situación y salió del comedor.

A la mesa sólo quedaron Darius y Ragnar.

Capítulo 9

Iustine se fue todavía con los nervios de punta. Cuando salió del restaurante pensó en irse a dormir, pero no tenía ni pizca de sueño con todo lo ocurrido.

Fue vagando por los pasillos viendo las salas que Ian les había enseñado aquella misma mañana. Estaban totalmente vacías, lo que incrementaba la sensación de soledad e inquietud que tenía en aquel momento. Instintivamente decidió salir a cubierta a tomar el aire.

Para su sorpresa, alguien se le había adelantado.

Nicole se encontraba apoyada en la barandilla, que le llegaba por encima de la cintura. La tenue luz del barco iluminaba su espalda, pero su cara estaba alumbrada por el fuego de un cigarrillo que estaba fumando. Iustine tuvo la sensación de que debía de tener ese hábito cuando estaba nerviosa.

Durante un segundo pensó en evitarla y seguir caminando. Nicole la intimidaba un poco. Le daba la sensación de ser una persona explosiva. Sin embargo, recordó como había controlado sus nervios en el comedor y no había replicado a Hiroshi. Finalmente, decidió acercarse y entablar conversación.

Era la primera vez que estaban ambas a solas.

—Hola.

Nicole dio un respingo. No había oído llegar a la joven.

—Ah, hola —respondió al saludo cuando reconoció a Iustine—. Eres la última persona que esperaba ver, ¿sabes?

—¿Ah, sí?

Nicole no respondió. Se limitó a darle una calada a su cigarrillo.

—¿Tu fumas? —le preguntó ofreciéndole un cigarrillo.

—No, gracias.

—Mejor para ti.

Tras unos segundos de silencio en los que se dieron cuenta de que no tenían mucho de lo que hablar, Nicole decidió abordar el tema directamente:

—¿Has venido a preguntarme por lo que dijo Hiroshi?

La realidad era que Iustine tenía otro motivo en mente.

—La verdad es que pensé que necesitabas a alguien.

—¿A alguien?

—Si. Has estado consolando a Darius toda la tarde. Pensé que te vendría bien alguien con quien desahogarte.

Nicole se planteó la propuesta. Primero pensó que se trataba de una artimaña para sacarle información. No sabía si confiar en ella, pero al ver sus ojos del color del cielo nocturno cambió de opinión: Sentía lástima. Iustine sentía verdadera lástima hacia ella. Eso era algo que no podía soportar, no le gustaba que los demás se apiadaran de ella, así que decidió abrirse para hacer cambiar de opinión a la joven.

—Sí. Supongo que sí. Hiroshi nos ha hecho parecer a todos culpables. Con el buen rato que estábamos pasando y va y lo arruina.

—Sí —se limitó a responder Iustine.

—Pero él también tenía motivos. Al fin y al cabo, eran socios. ¿Quién no te dice que tuvieran algún contrato por el que ahora todo el negocio del barco pase a él?

Lo que decía Nicole tenía sentido.

—Es un motivo más plausible que el mío —finalizó.

—¿Eso del "sindicato"?

—¡Ja! Sí —Le dio una nueva calada a su cigarrillo—. La verdad es que yo también trabajaba para Ian.

Iustine no pudo evitar hacer una mueca de sorpresa. Nicole continuó.

—Pues sí. Trabajaba de recepcionista en su hotel de París.

A Iustine le costó un poco imaginarse a la arisca Nicole atendiendo amablemente las quejas de los huéspedes.

—Hasta que se asoció con esos del ITCUC —sentenció dándole otra calada a su cigarrillo.

—¿Qué tienen que ver ellos?

—Pues que le prometieron automatizar muchos puestos de trabajo con sus maquinitas. Mucha gente fue al paro. Intenté organizar un sindicato de trabajadores que le echara el freno pero me pilló y me mandó a la calle.

—Eso no parece un motivo para querer asesinarlo.

—Bueno… quizá le dije algunas obscenidades. Y he estado haciendo campaña para hundirle el negocio desde entonces. No era persona grata para mí, precisamente. Pero de ahí a querer verle muerto por ello hay un abismo.

Nicole consumió el resto de su cigarrillo y miró a Iustine, que había cogido su diadema entre las manos. Parecía algo abstraída.

—Tiene gracia.

La voz de Nicole sacó a Iustine de su ensimismamiento.

—¿El qué?

—Que tú eres la que mejor parada ha salido de todos.

—¿Tú crees? —Agarró la diadema con más fuerza—. La verdad es que apenas tenía relación con Ian.

—Pero tu padre si, ¿no? Me sorprende que no le hayan invitado a él.

—¿Sabes lo de mi padre?

—Ian no habla… —se corrigió— hablaba exactamente en voz baja.

Iustine pensó en la pregunta de Nicole.

—Quizá lo hicieran y él no ha podido venir.

—¿No lo sabes?

—No me hablo mucho con él. Desde… —Iustine se calló de repente.

Nicole entendió que no quería seguir hablando de su padre, pero siguió indagando en el tema.

—¿Y tu madre? ¿Ella no conocía a Ian?

Iustine retorció la diadema con más fuerza y respondió, con un tono de amargura en su voz:

—Ella no hubiera podido venir aunque la hubieran invitado.

Nicole no notó el matiz en la forma de pronunciar la frase y preguntó desacertadamente:

—¿Y eso?

—Murió.

Por algún motivo, Iustine sintió algo de liberación al decirlo en voz alta. Compartía algo de su carga con su interlocutora, que ahora parecía cohibida.

—Lo... lo siento mucho —tartamudeó Nicole, que se había dado cuenta de que había tocado un tema delicado.

—No te preocupes, no lo sabías.

Ella se había acercado a Nicole para que se desahogara, pero iba a ser la propia Iustine la que se quitara un peso de encima. Ahora que había empezado a hablar del tema, no podía parar. Necesitaba quitarse toda esa pesada carga de encima.

—Mi madre murió hace dos años en un accidente de tráfico. Yo iba sentada con ella a su lado.

—¡Eso es horrible!

—Lo fue. Yo sobreviví, aunque estuve hospitalizada cerca de seis meses. Ella no tuvo tanta suerte.

Nicole comenzó a entender el comportamiento de Iustine en el autobús. Había oído a Ricardo preguntarle si temblaba porque estaba nerviosa. Debía de tener aún secuelas del accidente.

—Lo siento mucho—se limitó a repetir Nicole— ¿Estabas muy unida a ella?

—Si. Y lo peor vino después.

Nicole se quedó escuchando atentamente. ¿Podía haber algo peor que perder a una madre?

—En los seis meses que estuve hospitalizada no fueron capaces de dar con el culpable. La persona que provocó el accidente se dio a la fuga. Yo me sentí responsable de no poder ayudar a la policía a identificarlo. Se abalanzó por el lado del conductor. No paraba de darle vueltas al momento del accidente. Intenté identificar a la persona por el modelo del coche, pero había muchas posibles opciones como para investigarlas una a una, y la policía no lo había conseguido en seis meses.

—¿Y no han encontrado al culpable todavía?

—¡Oh! Sí que lo hicieron.

—Menos mal. Ese bastardo merece pudrirse en prisión.

Iustine había omitido parte de la información de la historia. Como aquella parte en la que no podía comer ni dormir pensando en la forma de encontrar al conductor fugitivo. O la parte en que había sido ella misma la que había dado con la pista clave, cuando insistió a la policía en que buscaran a un individuo de la lista de dueños del modelo de coche que se hubiera cambiado recientemente de modelo. Naturalmente la policía había pensado en aquello, pero no fue hasta dos meses más tarde del alta de Iustine que el culpable había cambiado de vehículo. Iustine se personó en el trabajo de aquel hombre y preguntó si había llegado de forma distinta. Resultó que aquel hombre había estado los ocho meses anteriores yendo al trabajo en autobús en lugar de en su vehículo habitual. Finalmente un policía decidió hacer caso a la joven y terminó identificando al culpable.

—Y esto —continuó Iustine, alzando la diadema que había tenido entre las manos— pertenecía a mi madre. Por eso la llevo siempre y recurro a ella cuando estoy dándole vueltas a algo.

—Ahora lo entiendo. Me parecía raro que usaras diadema llevando el pelo corto.

Las dos se quedaron mirando al horizonte en silencio unos segundos.

—Siento haberte usado de terapia —dijo Iustine—. Se suponía que tenía que haber sido al revés.

—Tranquila. ¿Sabes? Me alegro de haberte conocido mejor, Iustine Czer. Al principio pensé que serías algún tipo de niña pija consentida, pero desde luego has pasado muchas cosas. Me alegro de haberme equivocado contigo.

Tras otros momentos de silencio mirando al horizonte, Nicole comprobó el reloj de su móvil y decidió que ya era buena hora para marcharse. Iustine también se encontraba más apaciguada tras su charla.

Ambas se retiraron a sus camarotes a descansar de emociones.

Capítulo 10

Iustine se encontraba en su camarote, acostada. No había tardado demasiado en entrar en un duermevela. El día había sido lago y había permanecido en tensión hasta la noche. Hablar con Nicole la había liberado de una gran carga emocional que había estado reteniendo hasta ese momento. No había llegado a hablar de ello con nadie más, ni con sus amigos, ni su novio, ni siquiera su padre.

La relación con su padre se había vuelto complicada con la muerte de su madre. Él no había conseguido superar su pérdida del todo y apenas podía dirigirle la mirada a su propia hija. Ella se culpaba, pensaba que le recordaba a su madre y por ello no podían hablar sin sentir el duelo de la pérdida.

La única persona con quien había podido sincerarse hasta aquel momento fue su psicoterapeuta, a quien empezó a visitar tras su salida del hospital. La trató cuando dejó de comer, de dormir, de vivir, derivando toda su capacidad mental a encontrar al conductor fugitivo que había acabado con la vida de su madre. Gracias a ella pudo centrarse en la vida, y gracias a ella despejó su mente y fue capaz de encontrar la pista clave que la llevó a resolver el misterio. También, gracias a ella, aprendió nociones básicas de psicología que usaba para intentar perfilar a las personas con quien se cruzaba. Y no se le daba nada mal. Ella fue, además, quien le recomendó que se alejara un tiempo de su casa, de sus amigos y familia, y que recorriera mundo hasta sentirse preparada para afrontar esta nueva vida sin su madre. De eso hacía ya casi un año.

Iustine no había llegado a dormirse del todo. No podía evitar que su cabeza volara por libre, repasando el crimen de aquella misma tarde. En su cabeza se hacía una imagen mental de la escena: Una sala de máquinas bien iluminada, pero vacía, con la excepción de un cadáver en el centro y otra persona que acababa de golpearle con… ¿con qué? No era capaz de imaginarse el arma. Pensó en la herida detenidamente. La había visto de cerca. Parecía producida con un objeto romo. Eso no la ayudaba mucho. La sangre de alrededor del cuerpo formaba una mancha de tamaño grotesco, demasiado; y las ropas de Ian estaban mojadas. ¿De dónde había salido tanta agua? En aquel momento pensó que el asesino debía de ir mojado. Sin embargo, ahora lo pensaba más detenidamente. Era demasiada agua. Todos venían de la piscina y no habían podido ducharse por el corte en las duchas, que era otro punto extraño que añadir a la lista, pero eso no justificaba tanta agua alrededor de Ian.

Pasó a analizar la cabina del capitán: el misterioso corte en las cámaras de seguridad. Además se había empleado el usuario de Ian para ello. ¿Había sido el propio Ian? Y de ser así, ¿por qué iba Ian a ayudar a su propio asesino? Y si no, ¿cómo pudo el asesino hacerse con la información de acceso? Al pensar en la información de acceso recordó que para entrar tanto a la sala de máquinas como al puente de mando hacía falta una contraseña.

Era demasiada información de golpe, probó con otro enfoque: Analizar a los sospechosos uno a uno.

Hiroshi Kondo, socio reciente de Ian y cargo importante en la empresa tecnológica ITCUC. A simple vista no parecía tener un móvil. Lo máximo que le ocurría era que Ian fuera a abandonar el proyecto y, para evitarlo y que su reputación quedara dañada ante sus jefes, decidió matarlo. Tampoco conocía mucho más su relación con Ian, y dudaba que nadie, mucho menos el propio Hiroshi, fuera a contarle nada más. Era uno de los pocos que no estaba mojado cuando hallaron el cadáver, pero, por otro lado, tenía conocimientos del sistema y una contraseña para acceder a ambas salas. Quizá conocía la contraseña de Ian. Parecía del tipo de personas que mantienen la calma mientras todo sale bien, pero pierden los nervios ante imprevistos, como había demostrado su ataque de histerismo durante la cena.

Darius Smith, cocinero y amigo de la infancia del fallecido. ¿Móvil? Quizá. Lo dudaba por su reacción ante la muerte de su amigo, pero podría ser todo una pose. La verdad es que no conocía gran cosa de su pasado juntos. Puede que no se llevaran tan bien como quería aparentar y apuntarse a este viaje fue solo un pretexto. En su contra estaba el hecho de que era el único que, ni estaba mojado a la hora de encontrar el cuerpo, ni parecía tener conocimientos de informática como para hackear el sistema de seguridad. Parecía ser, además, el más sensato de todos los allí reunidos, lo cual podría jugar a su favor o en contra, porque lo hacían poco creíble como asesino, pero también capaz si se lo proponía.

Pasó ahora a enumerar a los viajeros. No le pasó inadvertido que, a pesar de haber sido seleccionado al azar, resultara que todos tenían algún tipo de relación con Ian, y no muy buena por añadidura.

Ragnar Jacobson, traductor, intérprete, lingüista y trabajador, no, extrabajador de Ian. Su móvil estaba claro: Iba a perder su forma de vida acomodada, aunque no veía claro cómo iba a mejorar su situación con la muerte del magnate. Desde luego, no tenía ningún tipo de conocimiento informático, quizá no hubiera podido ni desactivar las cámaras aunque le hubieran dado acceso al sistema, pero no había olvidado que él si estaba mojado. Una persona que aprecia tanto su imagen como él pudo haber cometido el crimen sólo por venganza por el perjuicio provocado, pero debería de estar más bien perturbado si realmente ese fuera el motivo.

Nicole Devereaux, antigua trabajadora de Ian, recepcionista en uno de sus hoteles y, como no había intentado ocultar, ferviente detractora suya. ¿Tenía un motivo real para querer verle muerto? No parecía un móvil muy fuerte, todo dependía del odio que sintiera hacia él. Al igual que ocurría con Ragnar, no tenía la capacidad de acceder al sistema de seguridad, pero estaba empapada a la hora del crimen. Desde luego, la impresión que causaba era de ser una persona impulsiva, capaz de cometer el crimen en un arrebato, pero el hecho de que las grabaciones fueran desactivadas implicaba premeditación.

Ricardo Alonso, informático y antiguo empleado de la empresa socia de Ian. La discusión que mantuvo con Hiroshidurante la cena dejaba claro que no estaba contento con la decisión del hombre de negocios de dejarle fuera del equipo. Además, ¿qué era todo aquello de los planos robados? ¿De verdad Ian obtuvo los planos de manera ilícita y Ricardo estuvo muy cerca de averiguar la verdad? ¿Constituía eso un móvil? Pensándolo bien, era el único con conocimientos del sistema del barco y que seguía mojado antes de encontrar el cadáver. Iustine no terminaba de creer que Ricardo fuera el más sospechoso, parecía demasiado bonachón para ser un asesino, o quizá solo le había caído bien. Se aferró al hecho de que no tenía forma de conocer las claves de acceso, pero se mantenía imparcial y lo conservaba el más alto en la lista.

Por último, ella misma, Iustine Czer. Aunque no fuera de su agrado, ella también era una sospechosa y los demás la verían como tal. También era la que desentonaba más de todo el grupo. Ni siquiera a ella se le ocurría un posible móvil para querer matar a Ian. De hecho, era la que menos le conocía, posiblemente la única que apenas había cruzado más de diez palabras con él antes de aquel viaje. ¿Por qué estaba allí? ¿Realmente era su padre el que debía haber estado en ese crucero y la casualidad la colocó a ella en ese lugar? Decidió no pensar más en esto. No la iba a ayudar a avanzar nada en el asesinato. Volvió a los hechos: estaba mojada, sí, pero no tenía forma de entrar a las salas ni modificar la videovigilancia.

De repente, el sonido de un golpe interrumpió sus elucubraciones y se sobresaltó en la cama. Una de las lámparas se había caído al suelo.

Iustine devolvió la lámpara a su sitio y, al hacerlo, vio el papelito con el extraño mensaje que habían encontrado en la cartera de Ian. ¿Tendría relación con el crimen?

En ese momento volvió en sí. Empezaba a obsesionarse con el crimen como lo hizo con el de su madre. Recordó las técnicas que su psiquiatra le enseñó para relajarse y poder conciliar el sueño. Permanecer toda la noche despierta no le ayudaría a esclarecer los hechos.

Por fin pudo dormir, esta vez de verdad. Poco se imaginaba lo que le esperaba por la mañana.

Capítulo 11

Hiroshi había salido temprano de su camarote a hacer una ronda por el barco para comprobar que todo estuviera en orden. No es que fuera a ser de mucha ayuda. Cuando se hiciera eco de la noticia de la muerte del magnate hostelero Ian Hancock a bordo de aquel barco, el proyecto quedaría arruinado. Sin embargo, Hiroshi era un hombre de hábitos; y si estaba acordado que debía hacer una ronda matutina, él la iba a hacer pese a todo.

Lo único que pensaba era que todo terminaría a la mañana siguiente. Llegarían a su destino y podrían avisar a la policía italiana, y ellos se encargarían de todo.

Muy a su pesar, al llegar al hall de recepción le esperaba otra sorpresa desagradable. Lanzó un grito desgarrador que resonó por todo el barco, o esa es la impresión que dio.

Iustine aún seguía durmiendo en su habitación. Había conseguido conciliar el sueño tras su monólogo interno nocturno, pero eso no le impidió soñar con el asesinato. Soñaba que Ian la invitaba a pasar al puente de mando y, al pasar, se encontraba en la sala de máquinas con su cuerpo inerte en el centro. De repente la sala comenzaba a inundarse y oyó un grito. Era Hiroshi.

Espera... ¿el grito era parte del sueño?

Se despertó algo confusa. El grito que había oído parecía real y la voz parecía la de Hiroshi. Saltó de la cama, se vistió a toda prisa y corrió como alma que lleva el diablo por el pasillo. No sabía muy bien de donde había venido el grito, pero dedujo que podía ser de recepción, ya que su habitación quedaba cerca.

Por el camino fue pensando dónde más mirar en caso de que el alarido no hubiera venido de allí, pero no le hizo falta hacer ninguna ruta mental. Al llegar al gran salón se encontró con la causa del susto.

En el centro de la sala, una de las estatuas de bronce, la del caballero con la espada desenvainada, lucía ahora un aspecto aterrador: Cubierto de sangre y con un cuerpo humano ensartado en su hoja como un pincho moruno. El cuerpo sin vida de Ragnar Jacobson.

Un hilo de sangre corría desde la herida cayendo por el cadáver de Ragnar hasta el suelo. Se encontraba de pie, de espaldas a la estatua, con la espada atravesándole la espalda y saliéndole por delante del pecho. La base de la estatua debía de ser robusta para poder mantener a Ragnar, que era corpulento, sin caerse hacia delante. Era la misma con la que la habían traído hasta allí hace dos días: un cuadrado de metal con ruedas. No la habían bajado de allí.

Justo delante de la escena estaba Hiroshi, sentado en el suelo como si se hubiera caído de culo. Estaba completamente pálido, como si el grito hubiera expulsado además el alma de su cuerpo. A su lado estaba Darius, que habría llegado también atraído por el chillido como Iustine: Su camarote estaba incluso más cerca de recepción que el suyo. Estaba de pie, petrificado, completamente en shock. Parecía más rígido que la propia estatua.

Antes de que Iustine pudiera decir nada, por la entrada aparecieron los miembros restantes. Nicole y Ricardo parecían haber llegado atraídos también por el grito, aunque sus compartimentos estuvieran más alejados. No se dieron mucha prisa porque no habían entendido la gravedad de la situación hasta que se acercaron al grupo y contemplaron el panorama.

—¿Qué ha pasado aquí? —dijo Nicole, con los ojos como platos.

Nadie verbalizó una respuesta. Iustine se limitó a hacer un gesto con la cabeza señalando lo que era obvio ver.

—¿Esta… muerto? —preguntó Ricardo. Aunque parecía una pregunta tonta, en su voz se notaba más bien un atisbo de esperanza, que pronto fue extinguida.

Iustine, delicadamente, cogió la muñeca del cuerpo colgado. No creía que fuera necesaria una comprobación, pero se aseguró para tranquilizar a Ricardo.

Afirmó con la cabeza. No había pulso.

—¿Quién? ¿Cómo? —fue lo único que pudo decir Nicole.

Estas palabras actuaron como detonante para Hiroshi, que se levantó como un resorte y empezó a caminar de espaldas, sin quitarle la vista de encima a ninguno de ellos.

—¡Aquí hay un asesino! ¡Y nos va amatar a todos! —Su voz sonaba completamente histérica—. Pero a mí no, ¡no lo permitiré! —y salió corriendo por el pasillo.

—¿Adónde cree que va? —preguntó Nicole.

—Quizá quiera huir del barco —contesto Ricardo.

—¿Y cómo va a hacer eso?

—¿Con un bote salvavidas, quizás? —teorizó Ricardo, arqueando los hombros.

—No será capaz. Estamos muy lejos de la costa más cercana y no se puede avisar a los guardacostas desde el barco. Como intente largarse no durará ni dos días.

—Deberíamos ir a detenerle.

Nicole y Ricardo abrieron la marcha y salieron detrás de Hiroshi antes de que fuera tarde. Darius tardó en reaccionar, pero antes de marcharse se fijó en Iustine, que había estado abstraída de la conversación todo el rato.

Salió de la sala dejando sola a Iustine. Miraba fijamente la estatua que tenía enfrente. Concretamente, a los pies de la estatua. Había algo allí. Se acercó. Encontró el móvil de Ragnar, inconfundible, de concha y botones; y otro teléfono más moderno, que le sonaba de algo.

Dos preguntas asaltaron su mente. La más obvia: ¿de quién era el segundo teléfono?; y la segunda: ¿cómo había acabado allí el teléfono de Ragnar? ¿Lo llevaba en la mano cuando le atacaron? Daba por hecho que a Ragnar lo habían empujado contra la estatua, pero, de ser así, ¿Por qué llevaba el móvil en la mano si estaba con su agresor? Ragnar no era de las personas que consultan el móvil en mitad de una conversación, y menos sin siquiera tener cobertura en el barco.

Iustine se acercó al cadáver de nuevo. No se había percatado de que estaba sola. Se movía mecánicamente. Registró los bolsillos del cuerpo en suspensión. No esperaba para nada lo que encontró: un trozo de papel con una serie de número escritos en él:

77733886633833022266616616444146660336607773322233722244466616602055527777077774443383309990633134442

Lo comparó con el papel que le encontraron a Ian. Los mismos números. ¿Ragnar sabía descifrar el código? ¿Se lo diría el propio

Ian en su última conversación? ¿O fue el propio asesino en algún otro momento? Y si sabía leer el mensaje, ¿por qué no lo había dicho?

De repente recordó donde había visto el otro teléfono. Era de Ian. Lo llevaba cuando le registraron. ¿Cómo había llegado hasta allí? Y lo más importante: ¿Por qué aparecía en pantalla un mensaje que decía: Llamada finalizada de Stella? ¿Y de qué le sonaba ese nombre?

Capítulo 12

Iustine abandonó la recepción en busca del resto del grupo. Ya había reunido pruebas suficientes.

Para su sorpresa, no llegó hasta la cubierta, se habían reunido todos alrededor del camarote de Hiroshi.

—¡A buenas horas llegas! —le espetó Nicole.

—¿Qué pasa aquí?

—Pues que el señor histerismo se ha encerrado en su cuarto.

La voz de Hiroshi llegó desde el otro lado de la puerta:

—¡Aquí estoy a salvo! ¡No pienso salir y nadie va a entrar hasta que lleguemos a tierra!

—¿Y cómo piensas comer? —le preguntó Darius, siempre práctico.

—Puedo pasar un día sin comer.

—Te puedo traer algo aquí.

—¡No pienso arriesgarme a que me envenenen!

—Genial, se ha vuelto paranoico—dijo Nicole, mientras se llevaba un dedo a la sien.

—Y ahora, ¿qué hacemos? —preguntó Ricardo, que quedó esperando una respuesta.

Una idea cruzó la mente de Iustine como un fogonazo.

—Hiroshi, ¿podemos acceder a la sala de seguridad?

Se hizo el silencio hasta que Hiroshi respondió desde el otro lado.

—¿Para qué?

—Quizá haya grabaciones de seguridad de este crimen.

—¿No crees que el asesino se haya librado de estas como de las del primero? —le inquirió Nicole, incrédula.

—Por intentarlo…

Ricardo intervino en la conversación.

—Al menos puedo intentar acceder al sistema, a ver si podemos llamar a la costa.

—¿Crees que puedes? —le dijo Darius, con un tono esperanzado.

—Por intentarlo… —se limitó a responder, imitando a Iustine.

Hiroshi tardó en responder, pero finalmente les dio la combinación de la sala.

—El código es 4455. De todas formas el asesino ya debe tenerlo, o no habría podido entrar a borrar las grabaciones.

La lógica de Hiroshi era aplastante, y algo pesimista.

* * *

El cuarteto se encontraba en la sala de máquinas, a la que habían podido acceder con la combinación proporcionada por Hiroshi.

Iustine inmediatamente se dispuso a comprobar las grabaciones, hasta que recordó lo complicado que era manejar el sistema. Ricardo, galantemente, se ofreció a ayudarla.

—Veamos… Las grabaciones de esta madrugada, ¿verdad?

—Si.

—No sé qué esperáis encontrar —intervino Nicole—. Si el asesino desactivó las grabaciones para el primer crimen, es lógico que lo hiciera también para el segundo.

—Pues… al parecer… no —respondió Ricardo.

Los cuatro se apretujaron para mirar en la pantalla. No llegaban a dar crédito a lo que veían: Ragnar estaba de pie, justo delante de la estatua. Debían de ser momentos antes de su muerte.

—Entonces, ahora debe de aparecer el culpable —dijo Darius, sin apartar la vista.

La escena siguiente fue completamente siniestra. La estatua comenzó a moverse sola, se abalanzó sobre Ragnar y lo ensartó por la espalda. Luego la estatua volvió a su sitio arrastrando su cuerpo. Parecía cosa de fantasmas.

—No me… —Nicole dejó la frase sin acabar.

Nadie más articulo palabra, asimilando lo que acaban de ver.

Iustine le pidió a Ricardo que repitiera la escena. Todos se fijaban de nuevo en la estatua. Todos menos Iustine, que vio una especie de resplandor atravesar por delante de Ragnar al ensartarle la espada. Nadie comentó aquello. Quizá fuera un reflejo de la esta tua.

—Esto… —se aventuró a teorizar Darius—. ¿Han modificado las grabaciones?

—¿En tan poco tiempo? ¿Y en un sistema de seguridad cerrado como es este? Muy improbable. Prácticamente imposible.

—Pero no absolutamente imposible.

—Supongo que no, pero alguien tendría que haber traído las grabaciones ya editadas de casa.

—Pues entonces es imposible —aventuró Iustine—. Dudo que el asesino conociera de antemano cómo iba a ser la estatua del hall.

—No lo sabía ni yo —intervino Darius—. Y estuve ayudando a preparar la sala cuando llegué.

—Pues entonces, esto es real —sentenció Ricardo.

—Si no lo veo, no lo creo —se limitó a añadir Nicole.

La grabación había seguido corriendo a mayor velocidad. Ahora se les veía a ellos llegando a esa misma sala, minutos antes.

Algo le pareció raro a Iustine, pero no supo el qué. Quizá empezaba a sobreanalizarlo todo.

—Bueno, creo que me voy a ocupar de obtener el acceso al sistema del barco —propuso Ricardo—. O a intentarlo.

—¿Te ves capaz?

—Seguramente lleguemos antes a tierra firme, pero no hay nada mejor que hacer.

—¿No te preocupa estar aquí solo?

—¿Por el fantasma? —bromeó

—Por el asesino.

La sonrisa burlona de Ricardo se convirtió en una de consternación, pero procuró que no se notara su preocupación.

Se disponían a abandonar la sala y dejar a Ricardo con su trabajo cuando Iustine les interrumpió y se dirigió a Darius.

—Perdona, ¿te puedo hacer una pregunta?

—Eh… claro.

—¿Conoces a alguien llamado Stella?

La cara de Darius empalideció como si hubiera visto un fantasma.

—¿Stella? ¿Cómo el barco? —dijo Ricardo, que se interesaba por la conversación.

¡Claro! ¡El barco! ¡El Stella I! ¡De eso le sonaba el nombre!

Darius tomó aliento y, como si dijera algo que llevaba enquistado mucho tiempo comenzó:

—Si. Stella era el nombre de una amiga. De hecho, era la hermana de Lucas. Creo que te hablé de él ayer.

—Lo recuerdo.

—¿Dónde has oído ese nombre?

Iustine le entregó el teléfono a Darius y preguntó:

—¿Este es el teléfono de Ian?

—Si.

—¿Sabes cómo pudo recibir una llamada de su amiga si no hay cobertura en el barco?

—Esto es imposible.

—Lo sé, pero parece que intentó hablar con él.

—La pobre, no sabe que… —comenzó a decir Ricardo, pero se vio interrumpido.

—No. Digo que es imposible porque Stella está muerta.

Capítulo 13

Iustine, Ricardo y Nicole miraban a Darius estupefactos. Tardaron unos segundos en asimilar lo que acababa de decir.

—¿Muerta? ¿Cómo que muerta? ¡No se pueden recibir llamadas del más allá! —espetó Ricardo, intentando comprender.

—¿No será otra Stella? —razonó Iustine.

—Si… Claro. Es otra persona… —se disculpó Darius.

—¿Por qué has pensado que se trataba de una persona muerta?

—Bueno… No conozco a otra Stella. Quizá Ian sí.

—Pero… ¿por qué has pensado en ella? —insistió Iustine.

Darius miró a sus oyentes, acorralado. Sus miradas eran expectantes, como si esperaran a oír los números premiados de la lotería.

—Escúpelo —le dijo Nicole.

Ante esto, Darius agachó la cabeza, derrotado. La siguiente pregunta de Iustine fue directa al grano:

—¿Quién es Stella?

Darius arrancó a hablar.

—Vale. He pensado en ella en primera instancia porque… Ya sé que es imposible pero… —Las palabras salían de su boca de manera atropellada. Al fin puso orden en su cabeza y comenzó—: ¿Recuerdas que te hable ayer de Lucas, nuestro amigo de la infancia? —preguntó directamente a Iustine—. Lucas McAllister era un viejo amigo de Ian y mío. —añadió para el resto, que no estaban al corriente—. Stella… Stella McAllister era su hermana.

—¿Y sólo por eso te ha venido a la cabeza?

—Bueno… Hay más —continuó—. Stella era una apasionada de la náutica. Incluso estudió para convertirse en arquitecta naval. Su mayor sueño siempre fue… bueno… —extendió los brazos y señaló a todas partes—. Esta misma nave.

—¿Por eso lleva su nombre? —preguntó Iustine.

—Posiblemente. Lo más seguro es que Ian le pusiera su nombre a este barco en su memoria.

—¡Vaya! ¡Resulta que Ian tenía corazoncito! —rio Nicole.

—No hables mal de los muertos… —le respondió Darius sombríamente.

—Perdón. Tienes razón.

Una exclamación de Ricardo sobresaltó al grupo.

—¡Lo sabía!

—¿El qué?

—¡Que los planos no podían ser suyos! Hace falta mucho conocimiento de navegación para diseñar un crucero automático e Ian, que en paz descanse —añadió respetuosamente—, no tenía ni idea.

—¿Tú crees? —preguntó Darius.

—No supo distinguir proa de popa. Ni siquiera sabía cómo decir camarote. Definitivamente él no había estado involucrado en el diseño de los planos —Ricardo hablaba emocionado—. La pregunta es, ¿por qué se negó a compartir su fuente, si era una vieja amiga suya?

—¡Ja! —intervino Nicole—. Apuesto a que se los robó al cadáver recién caliente —Darius la volvió a mirar con reproche—. Perdón.

Iustine visualizó una teoría, y empezó a hacer preguntas.

—¿Y su hermano?

—¿Lucas? ¿Qué pasa con él?

—Dijiste que no estaban en buenas relaciones.

—¿Eso dije?

Iustine recordaba perfectamente la frase: <<no hubiera venido aunque se lo hubieran propuesto>>. Eso significaba que ni Ian le había invitado, ni él hubiera aceptado venir aun habiéndolo hecho.

—¿Tiene que ver con la muerte de su hermana? —continuó preguntando Iustine.

Darius finalmente claudicó:

—La verdad es que no lo sé, pero es posible. Dejaron de hablarse hace seis años, tras la muerte de su hermana.

—¿Seis años? —intervino Ricardo, que algo había hecho clic en su cerebro—. Esa es la fecha en que se presentó en el ITCUC con el proyecto.

—No estarás insinuando que…

—¡Que Ian le robó los planos a su amiga muerta y se los adjudicó! ¡Verás cuando se lo cuente a Hiro! ¡Tendrán que darme la razón por fin!

—Pero, ¿por qué haría eso Ian? Stella era su amiga.

—Quizá nunca quiso venderle los planos —dijo Nicole—. Quizá ella no quería que Ian tuviese los planos, pero no pudo impedirlo a su muerte. Por ello se enfadó Lucas con él: por incumplir la última voluntad de su hermana —Se estaba emocionando conforme su teoría cobraba forma.

—O, tal vez —esta vez fue Ricardo el que compartió sus elucubraciones—, los planos valían una fortuna y, a la muerte de Stella, Lucas debería de haber sido su dueño pero Ian se los robó y no le pagó ni un céntimo.

—Conspiraciones y herencias... Todo eso es muy bonito pero... —comenzó a decir Darius.

—Disculpa —le interrumpió Iustine—, ¿de qué murió Stella?

—¡Ah, no! ¡Por ahí sí que no! —respondió sobresaltado—. No quiero que penséis ni por un momento que Ian es un asesino. Stella murió de una enfermedad en un hospital —y añadió—: Por causas naturales.

Iustine decidió no continuar esa corriente de pensamiento.

—Además —continuó Darius—, ¿Adónde queréis ir a parar con todo esto? ¿A si Lucas tenía un móvil para asesinarle? Bueno pues su coartada es inmejorable. ¡No está a bordo del barco!

Darius tenía razón. Se habían emocionado tanto con el descubrimiento de la historia de Stella que habían olvidado que la lista de sospechosos se reducía a los pasajeros de aquel viaje. La mayoría de los cuales estaba en aquella sala.

—Si me disculpáis, no sé si querréis comer al medio día pero alguien va a tener que preparar la comida —Y haciendo un ademán airado con la mano, Darius salió de la sala.

—¿No es un poco temprano para pensar en comer? —dijo Ricardo—. Más aún con todo lo que ha pasado.

—Creo que simplemente está enfadado —le respondió Nicole—. Deberíamos dejarle sólo un rato hasta que se le pase.

—¿Es buena idea? —le preguntó Iustine.

—Tienes razón. Y menos con ese Hiroshi haciéndose el histérico.

—¿Sospechas de él?

—¿Tu no? Es el que primero se ha dedicado a meter cizaña entre todos. A lo mejor es un buen actor.

Iustine lo dudaba. La histeria de Hiroshi parecía completamente real. Aunque también era raro que insistiera tanto en quedarse solo.

—Bueno, voy a ir con Darius—dijo finalmente Nicole—. Ahora no me gusta que se quede solo.

—Claro que si parejita —le respondió Ricardo, de broma.

—¿Qué quieres decir? —Nicole pareció molesta.

—No intentes ocultarlo. Salta a la vista que te has enamorado de él. Y el sentimiento es mutuo…

—¡No digas tonterías! —Intentó parecer enfadada, pero estaba más bien ruborizada—. ¡Acabo de conocerle hace dos días!

—¿Y qué? El amor a primera vista existe.

Nicole no replicó. Escondió la cabeza en el cuello de su camiseta salió de la habitación sin mirar atrás.

—No hacía falta ser tan malo, Ricardo.

—Vamos, no quería ser cruel.

—¿Y por qué le has dicho eso?

—Para ver si se lanza y se le declara. Al menos que alguien más tenga un final feliz en esta historia.

Capítulo 14

Las siguientes horas pasaron sin demasiada actividad.

Iustine había dejado a Ricardo encargarse de restablecer las comunicaciones. Dudaba de que pudiera lograr algo en tan poco tiempo y con tan pocos medios, pero fantaseaba con la idea de poder llamar a la policía y que estuviera esperándoles en el puerto para hacerse cargo del caso y coger al criminal.

Al principio empezó a vagar sin rumbo por el barco, pero recordó el consejo que ella misma le dio a Nicole sobre estar a solas con un asesino suelto y decidió retirarse a su camarote para hacer tiempo hasta el almuerzo.

A la hora de comer se presentó en el restaurante y sólo Darius le recibió.

—Veo que has venido. ¿No te preocupa que te envenene? —bromeó.

—Ya estás de mejor humor. Siento lo de esta mañana. No quería insultar al señor Hancock.

—Lo sé, no pasa nada. Ahora si me disculpas, tengo un problemilla en la cocina.

—¿Ocurre algo?

—Nada grave. Es sólo que parece que hay menos comida de la que calculé. Y es curioso teniendo en cuenta que cada vez somos menos estómagos que alimentar.

—Por cierto, ¿y Nicole?

—Terminó de comer hace un rato. Me preocupaba que Hiroshi no apareciera por aquí y quería llevarle algún plato, pero ella se ofreció a llevárselo por mí para que no os quedarais vosotros sin cocinero mientras. Ha sido muy amable conmigo.

Iustine supuso que no se había atrevido a confesarle sus sentimientos como le había incitado Ricardo. De repente recordó su última frase: <<Al menos que alguien más tenga un final feliz en esta historia>>. ¿Alguien más?

—¿Ricardo tampoco ha venido todavía?

—No. Espero que no se meta tanto en su trabajo que se le olvide venir.

No hubo más conversación entre ellos. Iustine terminó su plato y se marchó del comedor. Pensó en hacerle una visita a Hiroshi. Deseaba ver su opinión ante la información obtenida aquella mañana sobre la fuente de los planos. Sin embargo alguien se le había adelantado.

En la puerta del camarote de Hiroshi había una bandeja con comida sin tocar. Claramente Nicole ya había estado allí y no había conseguido convencerle de que probara bocado. Con su forma de ser tan ruda no le sorprendía.

Llamó a la puerta de Hiroshi con los nudillos. Tras un minuto que pareció demasiado largo para la joven, su voz se oyó al otro lado de la puerta.

—¿Quién es? —dijo ariscamente.

—Soy Iustine.

—Escucha, sé que estáis preocupados porque coma, pero por un día de ayuno no me va a pasar nada. Estaré más seguro.

Iustine lo dudaba, pero no dijo nada.

—¿Nicole te ha hablado de lo de Stella? —fue directamente al grano.

Se oyó un profundo suspiro al otro lado de la puerta.

—Si. Pero no ha sido Nicole. Ricardo se ha pasado por aquí para ponerme al corriente.

Así que Ricardo también le había hecho una visita a Hiroshi.

—Entonces, ¿Es cierto? —preguntó desde el otro lado de la puerta.

—Es posible. La verdad se la llevó a la tumba. Pero según Darius es muy probable que los planos le pertenecieran a la difunta Stella.

En ese momento Hiroshi entreabrió la puerta, dejando ver únicamente uno de sus ojos por el hueco. A Iustine le sorprendió que tuviera tanta confianza con ella delante.

—No me lo puedo creer. Culpamos a Ricardo de extralimitarse, y resulta que estaba en lo cierto.

—¿Él lo sospechaba?

—Sí.

—¿Y nadie más en la empresa?

—Bueno, sí. Pero no pudimos probar nada. Nunca dimos con nadie que se atribuyera la autoría de los planos. Ahora entiendo por qué.

—¿Y por qué despedisteis a Ricardo, si también lo sospechabais?

—Porque fue bastante descarado. El señor Hancock se dio cuenta de sus investigaciones y pidió que fuera expulsado del proyecto con efecto inmediato.

—¿Y eso no os hizo sospechar que iba por buen camino?

—Quizá. Pero la empresa no estaba dispuesta a perder ese contrato y, como ya he dicho, nuestras propias investigaciones no dieron resultado.

—No lo entiendo. ¿Por qué Ian invitaría a Ricardo si le guardaba rencor? ¿Y al resto?

—No fue Ian. Él eligió a dos de los pasajeros y yo a los otros dos.

—¿Por qué elegir a Ricardo después de los que le habíais hecho?

—Tenía mis motivos —se limitó a decir—. Si me disculpas, estoy planteándome cómo abordar toda esta situación con mis superiores cuando lleguemos. Va a ser un auténtico varapalo.

Hiroshi cerró la puerta dejando a Iustine con la palabra en la boca. Cada vez esta situación tenía menos sentido.

Capítulo 15

Iustine estaba de vuelta en su camarote. Se había tumbado en la cama y empezaba a darle vueltas a todo aquel caso. Había demasiadas cosas en las que pensar.

Lo que más la escamaba era el grupo que formaban aquellos pasajeros. Todos tenían motivos para odiar a Ian Hancock, en mayor o menor medida; pero nadie debería tenerlo con Ragnar. A él sí que le habían conocido antes de embarcar dos días antes. ¿O no? Si habían dicho la verdad no se le ocurría relación alguna entre ninguno de ellos. Sólo podía elucubrar. ¿Nicole conoció a Ragnar en el hotel en el que trabajaba? ¿Ricardo le conocería durante su tiempo de trabajo en el proyecto? ¿E Hiroshi?

El segundo crimen resultaba de lo más extraño. No sólo en la falta de motivo, sino en el método para llevarlo a cabo en sí: Una estatua que se mueve sola y apuñala al hombre por la espalda. Parecía cosa de fantasmas, pero tenía que tener una explicación razonable.

Iustine formulaba muchas teorías: ¿El asesino modificó las grabaciones? Ricardo dijo que eso era imposible. ¿Movió la estatua con hilos desde un extremo de la sala? No había nada que lo indicara y ni siquiera se había visto una sombra en la sala en las grabaciones de seguridad.

Sus pensamientos se detuvieron aquí: Las grabaciones. Había algo raro en ellas... Si pudiera ver el qué.

Cuanto más analizaba el caso, más cosas extrañas asaltaban su cabeza. Decidió analizarlas despacio.

La estatua que se desplaza sola fue el primer punto y, evidentemente, el más importante de la lista. ¿Cómo se mueve una estatua sin tocarla? ¿Con algún tipo de mecanismo?

Volvió a dejar de lado la estatua fantasma. Podría haberse pasado la tarde entera sólo pensando en formas de llevar a cabo aquel truco, a cada cual más inverosímil.

Las grabaciones. En el video de vigilancia no aparecía nadie más que Ragnar en toda la noche. Nadie se había acercado a la estatua. Nadie se había paseado por aquel barco. En ningún lugar. A ninguna hora. Y sin embargo, a Iustine le parecía que había algo raro en ellas.

A continuación recordó el extraño destello que se desprendió de la estatua cuando se cometió el crimen. Lo había visto en las grabaciones, estaba segura. ¿Qué pudo ser? ¿Y a dónde fue a parar? Salió despedido de la estatua hacia adelante y debió caer...

A los pies de la estatua de enfrente.

Allí había encontrado algo. El móvil de Ian, que por algún motivo no estaba con él, donde lo habían dejado el día anterior. ¿Era lo que había brillado en el brazo de la estatua? ¿Por qué estaba ahí? Pensó que podría formar parte del truco del asesino pero no se le ocurría el motivo. Quizá lo usara para atraer a Ragnar hasta allí pero, ¿no habría sido más fácil llamarle a él directamente?

Iustine continuó por este camino. Sentía que desenmarañaba la red tejida alrededor de este caso. Si habían llamado a Ragnar para que fuera allí quedaría explicado por qué sacó el móvil justo antes de morir.

Pero había un problema, Iustine había comprobado el móvil —no necesitaba contraseña para desbloquearlo— y no había nada: ni llamadas, ni mensajes recientes. Además, cuando sacó el móvil no se lo llevó a la oreja como se haría para contestar a una llamada. Entonces, ¿qué estaba mirando en su teléfono?

Hizo un esfuerzo por recordar exactamente la escena de las grabaciones. Ragnar abría su teléfono móvil con la mano derecha mientras que con la izquierda...

Con la izquierda rebuscaba en su bolsillo.

El mismo bolsillo en el que Iustine encontró la nota misteriosa.

Sacó la nota de su bolsillo y la miró. Volvió a leer los números en apariencia aleatorios.

777338866338330222666166164441466603366077733222337
22244466616602055527777077774443383309990633134442

¿Cómo se descifraba ese mensaje? ¿Tenía el código en su móvil? No. Ya lo había revisado. Pensó que Ian se lo podía haber enviado a su teléfono pero no fue así. Entonces, ¿qué le preguntó Ian en la piscina el día anterior? No fue una pregunta, sino una petición. ¿Qué tenía el móvil de Ragnar que le ayudara a descifrar ese mensaje?

La respuesta apareció en su mente como por arte de magia.

Botones.

Los móviles antiguos usaban los botones numéricos para escribir mensajes de texto. A cada número se le asignaban varias letras y, según la cantidad de veces que pulsaras dicho número, se escribía la letra correspondiente. De esa forma, al 2 le correspondía la A, la B y la C. Un dos sería una A; dos doses, una B; y tres, una C. El 0 se usaba para dejar espacios en blanco y el 1… el 1 no se usaba para nada. Pero en el papel había unos, siempre situados entre dos cifras iguales. ¿Y si el 1 representaba letras separadas que correspondían a la misma cifra? De esta forma, la silaba BA se escribiría 2212…

Comenzó a descifrar el mensaje siguiendo esta idea y, para su sorpresa, el resultado fue una frase con sentido.

<<Reúnete conmigo en recepción a las siete y media>>.

Las siete y media. La hora aproximada en que mataron a Ian y a Ragnar. Sólo que con doce horas de diferencia.

Sin embargo, a Ian no lo mataron en recepción. ¿El asesino lo mató allí y arrastró el cadáver hasta la sala de máquinas? ¿Por qué? Y eso no explicaba la cantidad de agua que rodeaba al cadáver.

Cuanto más lo analizaba, más confusa se sentía. Tenía teorías que podían satisfacer parte de las pruebas, pero no todas. Y aún no había acabado.

Aún quedaba la llamada de la misteriosa Stella. Le parecía demasiada casualidad que Ian recibiera una llamada de una amiga muerta que estaba tan estrechamente relacionada con todo aquel barco en ese preciso momento. ¿Y si no había sido una casualidad? ¿Y si el asesino había hecho la llamada deliberadamente para que encontraran el nombre de Stella en el teléfono de la víctima? Pero, ¿quién de los pasajeros podría ganar nada con eso?

Una respuesta cruzó la mente de Iustine como un rayo. Nadie. Nadie de aquellos pasajeros ganaría nada pero había alguien que sí. Y de repente recordó la comida que según Darius había mermado aquella misma mañana.

¿Podía alguien haberse colado en el barco sin que nadie más lo supiera? No sin ser visto por las cámaras pero…

En ese momento cayó en la cuenta: Las cámaras habían cambiado su posición. Eso era lo que le había extrañado de las grabaciones. Alguien había desplazado las cámaras de seguridad, seguramente para dejar puntos ciegos en la vigilancia. Y quien mejor que alguien que conociera los planos al dedillo.

Inmediatamente tuvo un sospechoso: Lucas McAllister.

Lucas podría haberse ganado la confianza de Ian para que le dijera la contraseña del sistema, haberle matado y haberse llevado el cadáver a la sala de máquinas, además de deshacerse del arma. Luego mató a Ragnar… de alguna forma. Todavía no entendía como lo había hecho, pero era el único que podía haberse desplazado por el barco con total libertad si su teoría de las cámaras era cierta.

Cogió el móvil de Ian. También tenía sentido que hubiera llamado con el móvil de su hermana. Cuando encontraran el cadáver y vieran sus últimas llamadas, sería como si encontraran el mensaje póstumo de la diseñadora del barco.

Iustine se sentía eufórica. Había avanzado enormemente en el caso. Sólo necesitaba confirmar si era cierto lo del punto ciego en la vigilancia. Se levantó de la cama, dispuesta a ir al puente de mando para poner a prueba su hipótesis. Esperaba que Ricardo aun siguiera allí. Sin embargo, algo le hizo cambiar de planes.

Una serie de golpes sonaban en la puerta de su camarote. Alguien la llamaba. Se guardó el móvil de Ian en el bolsillo, por si acaso.

Preocupada por la coincidencia, abrió la puerta con recelo. Al ver quien estaba al otro lado se dio cuenta de que sólo había sido eso: una coincidencia. Nadie podía oír sus pensamientos.

Darius estaba al otro lado. Iustine le abrió la puerta.

—Iustine… —jadeaba—. ¿Está Nicole contigo?

—¿Conmigo? No.

Darius se apoyó en el marco de la puerta, intentando recobrar el aliento.

—He estado buscándola… No la he visto… desde que se fue del comedor.

—¿No la encuentras?

—No.

—¿Dónde has mirado?

—En todas partes… En su camarote, por supuesto. En recepción, en el gran salón, en el gimnasio…

Darius nombró todos los posibles lugares que había en el barco. Iustine se temía lo peor.

—¿Has mencionado la piscina?

—No. Creo que no. Vaya supongo que estará allí.

Darius respiró aliviado pero Iustine no estaba conforme.

—Vamos.

—¿Cómo dices? —preguntó Darius confundido.

—He dicho que voy contigo. Creo que sé quién es el asesino. Y espero que Nicole no se haya topado con él.

Capítulo 16

Iustine salió corriendo por el pasillo como si le fuera la vida en ello. Y quizá la de alguien estaba en juego.

Darius la seguía de cerca. Era evidente que la reacción de Iustine le había preocupado sobremanera.

—¿Qué quieres decir con que has averiguado quien es el asesino?

—Es sólo una teoría, de momento, pero...

Iustine le relató toda su hipótesis en lo que tardaba en llegar a la cubierta.

—¿Lucas? ¿A bordo?

Antes de que Iustine le respondiera se encontraron de frente a la piscina. Sus peores temores se hacían realidad.

Flotando boca abajo en un lado, encontraron el cuerpo de Nicole. Parecía navegar a la deriva.

—¡Nicole! —Darius lanzó un grito desgarrador. Iustine pensó que habrían debido de oírle en el resto del barco.

Darius se lanzó a la piscina sin pensar siquiera en lo que llevaba encima. No se desnudó y probablemente llevaba el móvil, pero en su mente sólo veía a Nicole allí tumbada.

La sacó del agua y le hizo el boca a boca como si fuera un socorrista profesional. Por suerte, Nicole soltó agua por su boca y comenzó a toser. Había salvado su vida.

—¿Qué ha pasado? —dijo esta, aún sin recuperar del todo el conocimiento.

—¡Menos mal que estas bien! —le dijo Darius, con lágrimas en los ojos, y se fundió en un abrazo con ella.

—¿Estas bien? —le preguntó Iustine mientras recibía algo confusa, pero con agrado, el abrazo de su salvador.

—¿Qué ha pasado? —volvió a repetir, ahora con más énfasis.

—¿No lo sabes?

—Bueno… yo… —Nicole aún estaba algo aturdida—. Yo estaba en el borde de la piscina… creo. Y alguien me metió la cabeza en el agua y luego me soltó, pero yo no podía respirar y…

—¡Llegamos a tiempo! —celebró Darius—. ¡Hemos ahuyentado a Lucas!

—¿Lucas? —Nicole no entendía nada—. ¿Quién es Lucas?

—¿No lo recuerdas? Lucas McAllister, el amigo de Ian y mío.

—¿El hermano de la tal Stella?

—Si.

—¿Qué pinta él en todo esto?

—Verás… en una teoría de Iustine. Cuéntasela, Iustine.

Pero la aludida no prestaba atención.

—¿Iustine? —insistió Darius—. ¿Qué te ocurre?

Iustine volvió en sí y respondió.

—Si hemos ahuyentado al culpable… es que no andará lejos, ¿no?

—¿Qué insinúas?

—Voy a por él.

—¿Estás loca? ¡Es un asesino!

—No pienso dejar que escape.

—¿Y a donde va a ir? ¡Esto es un barco!

—Darius —la que habló fue Nicole—, déjala. No va a dejarle escapar ahora que está tan cerca.

—Pero, ¿cómo va a ir sola tras él?

—No va a ir sola —dijo mientras se incorporaba—. Yo voy con ella.

—¡Acabas de casi morir! —Darius parecía escandalizarse más por momentos. No por nada se le consideraba la voz de la razón del grupo.

—¿Y? Que hubiera acabado el trabajo. Quiero venganza.

Darius agachó la cabeza. Comprendía que no iba a hacer cambiar de opinión a aquellas dos cabezotas.

—Está bien, pero yo también voy. Quizá siendo tres le intimidemos más.

Sin perder más tiempo, el trío atravesó la cubierta y comenzó a recorrer todo el barco en busca de su sospechoso. Debía de llevarles algo de ventaja pero si presionaban no le daría tiempo a esconderse de nuevo… o eso pensaron. Tras unas horas de búsqueda infructuosa decidieron parar.

—Es imposible. Parece que se haya desvanecido.

Se encontraban en una cubierta lateral. Darius estaba agotado. Nicole parecía un perro rabioso buscando a su presa. Iustine, mientras, miraba impasible un bote salvavidas.

—¿Crees que se ha escondido ahí? —le preguntó Nicole.

—Ahí he mirado —Le respondió Darius.

—No. Es otra cosa. ¿Cuántos botes salvavidas hay?

—No lo sé —dijo Darius—. Deberías preguntarle a Hiroshi.

—¿Por qué lo preguntas?

—¿Recuerdas que anoche estuvimos hablando aquí? —le inquirió a Nicole.

—Si.

—¿Recuerdas cuantos botes salvavidas había?

—Pues…

Nicole hizo memoria. De repente dio un respingo que sobresaltó a Darius.

—¡Ayer había un bote más!

—Eso pensaba —confirmó Iustine.

—Un momento. ¿Insinuáis que Lucas se ha escapado en un bote salvavidas? ¿No dijiste que eso era un suicidio?

—Quizá tenía un plan de escape —respondió Nicole—. O quizá se ha visto acorralado y ha pensado que tenía más posibilidades de huir en bote.

—Y, ¿Por qué atacar a Nicole? Has dicho que no le habías visto, ¿verdad?

Nicole asintió con la cabeza.

—Lo de Nicole no era un intento de asesinato.

—¿Cómo qué no? —respondió Nicole, algo molesta.

—No. Lo tuyo fue una distracción. Y parece que ha funcionado.

Capítulo 17

Iustine vagaba por los pasillos del crucero dándole vueltas a la cabeza. Estaba molesta porque el asesino había conseguido zafarse de ellos… ¿O había algo más?

Aún no había conseguido resolver el método empleado para cometer el segundo crimen. Eso era lo que le molestaba.

Recordó su plan original trazado antes de salir en busca de Nicole: Ir al puente de mando y comprobar las grabaciones de seguridad para asegurarse de que era posible recorrer el barco sin ser visto. No iba a cambiar nada comprobarlo, pero ella sólo quería respuestas.

Al llegar al puente de mando lo encontró vacío. Ricardo no estaba allí. Su primer instinto fue preocuparse como había ocurrido con Nicole horas atrás, pero luego recordó que ya no debería de haber peligro sin el criminal a bordo.

Aun así decidió ir a buscarle por el barco.

Por suerte su búsqueda no le llevó mucho tiempo. Le encontró sentado en una mesa del salón de juegos. Se había servido una bebida alcohólica irreconocible y estaba jugando con un paquete de cartas de póquer que parecía acabar de abrir.

—¡Hola Iustine! —la saludó con una sonrisa inocente mientras la veía acercarse.

—¿Llevas aquí todo el rato? —entró sin preámbulos. Estaba segura de que no le había visto al pasar por aquella sala la primera vez.

—No. Llevo un rato. Estaba cansado de intentar acceder al sistema sin conseguir nada. ¿Por qué lo preguntas? ¿Me buscabas?

—Es que hemos revisado el barco de arriba a abajo y no nos hemos cruzado contigo.

—¿Revisado el barco? ¿Por qué?

Iustine procedió a contarle toda la experiencia de unas horas antes, así como sus sospechas sobre la identidad del asesino.

—¿Intentó ahogar a Nicole?

—Creo que no quería ahogarla. Solo mantenernos distraídos salvándola mientras escapaba.

—Vaya con Lucas… —Aprovechó para colocar una carta encima de la mesa.

—¿Qué haces?

—Un solitario. No puedo hacer mucho más sin conexión a internet yo sólo.

—¿No tienes solitario en el móvil?

—Requiere conexión a internet. No sé por qué el juego del solitario necesita conectarse a internet pero así es. Así que me he pasado a algo más… analógico.

—Ya veo… ¿Descansas jugando a las cartas?

—Con el solitario. Es algo mecánico y puedo tener la mente entretenida un rato.

—Entiendo —Recordaba cómo le habían explicado que una forma de tener los pensamientos relajados era ocupar la mente con una tarea rutinaria durante alguna de sus sesiones.

—Por cierto, ¿cómo llegaste a la conclusión de que era Lucas?

Iustine procedió a contarle su razonamiento. Ricardo la escuchó pacientemente. Al acabar soltó un silbido de admiración.

—Entonces, ¿descubriste el código secreto de Ian?

—Si. Pero el mensaje no cuadra con… —hizo hincapié en una palabra dicha por Ricardo—. ¿De Ian? ¿Por qué crees que era suyo?

—¿De quién si no?

En aquel momento Iustine entendió a lo que se refería: Si Lucas hubiera tenido la oportunidad de explicar cómo leer el mensaje a Ian, no le hubiera hecho falta transmitirle un mensaje encriptado a su víctima.

—¿Estas bien?

La pregunta hizo volver a Iustine en sí.

—Si… Perdona. Pensaba que tienes razón.

—Vaya, gracias. A veces es bonito oír cosas así —le respondió con una sonrisa burlona—. Bueno, creo que me voy a ir a descansar. No creo que vaya a lograr nada con la contraseña del sistema. ¿Recojo las cartas o las quieres tú?

—¿Yo?

—Si. Bueno no pasa nada, las recojo.

—Pensándolo mejor, déjalas.

—De acuerdo.

Ricardo se marchaba a dejar su bebida en el bar cuando Iustine le interrumpió con otra pregunta.

—Ricardo, esta mañana dijiste que: Al menos, que alguien más tenga un final feliz en esta historia. ¿A quién te referías con ese más?

—Ah —Ricardo se ruborizó—. A mí mismo. Sé que suena egoísta en una situación así…

—¿A qué te refieres? —le interrumpió la joven.

—A que podré recuperar mi trabajo. Me echaron por extralimitarme y tachar a Ian de ladrón. Y ahora se ha demostrado que tenía razón. Se lo dije a Hiroshi al mediodía. Más vale que me readmitan después de esto.

Así que Ricardo salía ganando con la muerte de Ian… ¿Por qué pensaba en esas cosas? El caso estaba cerrado, ¿verdad?

Ricardo se despidió de ella y salió del salón. Iustine se quedó en la mesa con un solitario a medio hacer. Recogió la baraja y repartió un nuevo solitario.

Su plan era que manteniendo la cabeza ocupada en el juego, su mente podría trabajar más despacio y analizar con mayor detalle el caso. Aún esperaba poder arrojar luz sobre el segundo crimen antes de llegar por la mañana al puerto.

Estaba segura de que tenía ya todas las piezas. O, mejor dicho, todas las cartas estaban en el juego. Sólo tenía que ordenarlas.

Comenzó colocando una J de corazones sobre una Q de picas. Esto desveló el primer As. Mientras su cabeza conectaba los puntos igual que ordenaba aquellas cartas.

<<El segundo crimen… —pensaba para sí—. ¿Cómo se desplaza una estatua sin moverla? ¿Y por qué el móvil de Ian estaba en recepción? Si lo que había visto volar de la estatua era ese mismo dispositivo, es que el asesino lo había colocado en uno de los codos de la estatua, apoyado… ¿Para qué?>>

Volvió a pensar en las imágenes: <<El teléfono brillaba, luego estaba haciendo algo. Pero no sonaba o Ragnar se hubiera dado la vuelta y lo hubiera visto>>.

En ese momento, dejó la carta que tenía en la mano, un 4 de diamantes, sobre la mesa y se levantó, adoptando la postura de la estatua con un brazo. Luego, sacó el móvil de Ian de su bolsillo y comprobó de qué forma podría mantenerse colocado sobre el hueco formado por su codo y su cuerpo.

Aunque le costó, ya que sus brazos eran mucho más delgados que los de la estatua, encontró una forma: colocó el móvil apoyado de pie, horizontal, con la pantalla mirando hacia afuera. No, aquello no estaba bien. Si la pantalla mirara hacia afuera, Ragnar lo habría visto iluminarse, así que tenía que mirar hacia adentro.

Sostuvo el teléfono con su codo, con la pantalla mirando hacia adentro. ¿Qué se podría hacer con el móvil en esa posición? Recordó la forma de la estatua y lo vio claro: La cámara enfocaba hacia afuera, en la dirección donde estaba la espada en la estatua.

Eso despejaba una duda. El asesino no estaba en recepción cuando la estatua se movió, pero la movió manualmente o no habría necesitado comprobar la posición de su objetivo con el teléfono.

Volvió a sentarse. Cogió de nuevo el 4 de diamantes y volvió sobre el mensaje encriptado.

<<Si Ian y su asesino, Lucas, conocían el cifrado sin haber hablado, es que debieron de idearlo hace mucho tiempo. Pero hacía seis años o más que no se hablaban. Y si fue algo que idearon hace tanto tiempo… hay alguien en el barco que debería de poder leerlo también>>.

Un fogonazo de lucidez atravesó la mente de Iustine conforme resolvía el solitario, colocando la K de picas sobre el montón ordenado de cartas de su mismo palo.

Casi como una exhalación, recogió las cartas y las guardó en su caja. Salió del salón y se dirigió, de nuevo, a su camarote. Tenía que enseñarle el mensaje a alguien y comprobar si era capaz de leerlo.

Llegó a su habitación y abrió el cajón de su mesita dónde había guardado los mensajes de las víctimas horas antes. Se llevó una gran sorpresa.

No estaban. Ninguno de los dos papeles. Habían desaparecido como por arte de magia.

¿Lucas había tenido tiempo de robarlos y fugarse? No podía saber que ella tenía los papelitos.

Se preguntaba cómo había podido entrar en su habitación. Se acercó a la puerta y notó que alrededor del pestillo estaba pegajoso… Imaginaba cómo se había llevado a cabo el truco… Pero de estar en lo cierto, no podía haberlo hecho Lucas.

¿Había un cómplice? O, por el contrario…

Ya estaba segura de cómo aclarar la situación. Pero antes, necesitaba la ayuda de alguien.

Capítulo 18

Iustine llamaba a la puerta del camarote de Hiroshi.

—¿Hiroshi? ¿Estás ahí?

La bandeja aún seguí en la entrada, seguramente con la comida ya fría.

Tardó unos minutos, que a Iustine le parecieron eternos, pero al fin se abrió la puerta.

—¿Iustine? ¿Qué pasa?

—Necesito tu ayuda.

—¿La mía? —Su tono reflejaba la más completa incredulidad.

—Si. Pero voy a necesitar que salgas de tu camarote.

Hiroshi estuvo a punto de cerrarle la puerta en las narices, pero el tono de voz de la joven era tan autoritario que le preocupaba lo que pudiera tener entre manos.

—¿Qué quieres exactamente? —le respondió sin abrir del todo la puerta. No deseaba arriesgarse para nada.

Iustine procedió a contarle todo lo sucedido aquella tarde. Hiroshi no daba crédito a lo que oía. A continuación, le relató toda su corriente de pensamiento que la había llevado hasta ese punto.

—Sigo sin entender para qué necesitas mi ayuda.

—Te necesito en la cabina de mando para comprobar una teoría.

Hiroshi abrió por completo la puerta.

—¿Por qué te fías de mí?

—Porque ya sé quién eres.

Hiroshi sonrió. Se dispuso a seguir a Iustine de vuelta al puente de mando del crucero.

* * *

La extraña pareja se encontraba enfrente de la pantalla de vigilancia.

—Bien. Necesito que te quedes aquí un segundo y me digas si me ves en la pantalla.

—Espera, ¿Me vas a dejar sólo? —Hiroshi seguía reticente a la soledad.

—Cierra la puerta si aún estás preocupado. Me sé la contraseña.

—La sabe todo el barco.

Hiroshi terminó aceptando a regañadientes. Iustine salió de la sala y se desplazó por el pasillo hasta el hall.

El tecnólogo no la perdía de vista en aquellas grabaciones. Atravesó el hall, se movió por un pasillo y, de repente, nada.

Iustine no aparecía por ningún lado. Hiroshi miró y remiró en todas las cámaras y nada. Y, de repente, se oyó a alguien teclear el código de acceso a la sala y la puerta se abrió.

Hiroshi soltó un grito de terror, pero se calmó al ver que la que aparecía por la puerta era Iustine.

—¿Cómo? ¿Cómo lo has hecho?

—¿No me has visto en las cámaras?

—No. ¿Están trucadas? ¡Debería ser imposible!

—Las grabaciones no están manipuladas. Son las cámaras. Pensé que alguien las había cambiado de orientación para crear puntos ciegos y desplazarse por el barco y tenía razón. Verás…

Iustine procedió a explicarle la ruta para ser indetectable en las grabaciones. Hiroshi aún no se lo creía, así decidió comprobarlo por sí mismo. Un minuto más tarde volvía a la sala sin ser detectado por las cámaras.

—Esto no puede ser. Para modificar las cámaras hay que acceder al sistema.

—Pero sabemos que el asesino accedió al sistema.

—Si…

Ahora sólo faltaba averiguar cómo se movió sola la estatua.

—Pues ya está —sentenció Hiroshi—.Ya sabemos cómo se desplazó ese tal Lucas por la nave sin ser visto. Ya podemos retirarnos a descansar, ¿no?

—¿Ahora puedes descansar?

—Si no hay ningún asesino a bordo de este barco, sí.

Barco… Esa palabra resonó en la mente de Iustine. Recordó la lámpara que se cayó en su camarote la noche anterior.

—Hiroshi…

—Llámame Hiro, por favor.

—Bien, Hiro. ¿A qué sistemas se pueden acceder desde esta sala?

—A todos. Si puedes acceder al sistema, claro.

La idea de Iustine cobraba forma. Pero, si estaba en lo cierto… Si toda su teoría se basaba en información falsa… Entonces aún faltaba una pieza por encajar.

—Hiroshi… Hiro —se corrigió—. ¿Puedes hacerme otro favor más?

—Dime.

—¿La combinación de la sala de máquinas es la misma que la de esta sala?

—No.

—Entonces, necesito que me acompañes.

* * *

Se encontraban ahora en la que había sido la primera escena del crimen. Hiroshi acababa de introducir el código y había abierto la puerta.

El cadáver de IanHancock seguía tirado en el suelo —nadie se había atrevido a moverlo—, pero la sangre que lo rodeaba estaba ahora seca.

—No me gusta ver esto… —decía Hiroshi, aprensivo.

—Será un minuto. Tengo que encontrar algo.

—¿El qué?

—El arma del crimen.

—¿No se la habrá llevado consigo Lucas cuando huyó?

Si la teoría de Iustine era cierta, no. Pero no quería alarmar a Hiroshi.

—No pensé que volvería aquí sin traer a la policía —comentó Hiroshi, melancólico—. Por cierto, ¿Se arreglaron las duchas?

—¿Eh? —Iustine no le prestaba atención. Estaba ocupada escrutando la sala—. Ah, sí.

—Menos mal. Si te digo la verdad, no sé dónde podía estar el fallo.

El fallo… Es cierto. Las duchas fallaron a la misma hora de la muerte de Ian. Y mágicamente volvieron a funcionar bien después. ¿Estaría relacionado con el crimen?

—Hiro, ¿Cuál es la bomba del agua?

Hiroshi señaló una enorme máquina situada en el fondo de la sala.

Iustine se acercó y comenzó a seguir el sistema de cañerías que partía de ella. Encendió la linterna de su móvil y comprobó la parte trasera de ellas. Al cabo de un rato dio con lo que buscaba: Una de las tuberías estaba manchada con sangre por detrás, de forma que a simple vista no se veía.

Ya tenía todas las piezas. Y ya tenía el puzle montado. Sólo restaba una cosa.

—Hiro, necesito que reúnas a todos en el gran salón, por ejemplo.

—Si. Vale —Ni siquiera lo cuestionó. Empezaba a ser de nuevo el eficiente empleado que fue al principio del viaje.

—Y una cosa más.

Iustine le dio una última instrucción antes de que se marchara.

—Ahora sé la verdad —dijo en un susurro cuando se quedó sola—. Ya sé quién es el asesino. Y la clave —sacó el móvil de Ian de su bolsillo— está aquí.

Capítulo 19

—¿Por qué nos has mandado reunir aquí, Iustine? —preguntaba Nicole, impacientándose por momentos. Hiroshi les había convocado a todos en el gran salón minutos antes siguiendo las órdenes de la joven.

—Falta Hiroshi —se limitó a responder ésta.

Casi como si la hubiera oído, el aludido apareció por la entrada.

—Ya está hecho. Tenías razón —le dirigió a Iustine nada más acercarse al grupo.

—Bien. Gracias.

—¿Se puede saber qué pasa aquí? —repitió Nicole, cada vez más airada.

Todos los miembros de aquel viaje estaban en aquel salón, sentados alrededor de una de las mesas centrales. Todos, claro, los que seguían con vida.

Cuatro pares de ojos miraban a Iustine expectantes, como si un mago fuera a hacer un truco de magia, pero en las caras de sus dueños se reflejaban distintas emociones: Nicole estaba molesta por tanto misterio; Ricardo parecía emocionado como si estuviera en el cine y fuera a empezar una película; Darius se mostraba apático ante cualquier estímulo llegado a este punto; e Hiroshi parecía animar a Iustine con su mirada.

Sólo Iustine estaba tranquila. Estaba segura de que había llegado el momento de la verdad.

—Os he reunido aquí para hablar de los crímenes cometidos a bordo de este barco —inició.

—¿Qué más quieres hablar? —la interrumpió Nicole—. Ya sabemos quién es el culpable. Y también que se ha largado con viento fresco.

—Pero aún no sabemos la verdad.

Nicole hizo un ademán con la mano y decidió dejar seguir a Iustine, pero sin cambiar su expresión de molestia.

—Ayer —prosiguió—, entre las siete y media y las ocho de la tarde se produjo el asesinato de Ian Hancock, multimillonario y dueño de este crucero. La escena parecía sencilla: el asesino le abrió la cabeza a Ian con un objeto contundente de filo romo que, supuestamente se llevó con él.

—Porque no apareció en todo el barco —aclaró Nicole.

—Correcto. Además, también queda la duda de cómo consiguió el asesino desactivar la seguridad y las comunicaciones, así como entrar en la sala de máquinas para dejar el cadáver allí. Tanto el puente de mando como la sala de máquinas necesitaban de, no uno, sino dos códigos distintos para ser accedidas.

—Espera —esta vez era Ricardo quien interrumpía—, ¿cada sala tenía un código distinto?

Hiroshi confirmó.

—Entonces, ¿cómo obtuvo el asesino los códigos de acceso?

—La respuesta es más sencilla de lo que parece —aclaró Iustine—: No lo hizo.

—¿Cómo dices?

—Empezaré por el principio. Ian recibió un mensaje en clave de su asesino. Eso, como me hizo ver Ricardo —El aludido sonrió con orgullo, aunque aún no sabía bien por qué—, significaba que Ian conocía a su agresor: Ian debía conocer al asesino con anterioridad para estar al corriente del cifrado del mensaje. Si no, no hubiera podido leerlo.

—¿No pudo haberle dicho cómo leer el mensaje? —preguntó Nicole.

—Entonces le hubiera bastado con decirle el mensaje directamente.

Nicole admitió la lógica de ese razonamiento.

Iustine continuó.

—En el mensaje que Ian recibió, su asesino lo citaba en la recepción del barco y, sin embargo, Ian acabó en la sala de máquinas. ¿Por qué? Porque Ian fue quien cambió el lugar de la reunión.

Todos comenzaron a mirar a Iustine a la espera de una explicación, que no se hizo de rogar.

—Ian se reúne con su asesino, lo lleva al puente de mando, introduce el código y, acto seguido desactiva la seguridad. En ese momento fue cuando el culpable desactivó las comunicaciones, seguramente sin que Ian lo viera. A continuación, ambos se van a la sala de máquinas a charlar con intimidad, de nuevo siendo el propio Ian el que introduce el código de acceso. Y fue allí donde el asesino lo mató y dejó el arma del crimen.

—¿Qué dejó el arma? —interpuso Ricardo—. Pero, ¿no mirasteis la sala?

—Así fue. Pero el arma estaba escondida a plena vista: era una de las tuberías de la bomba de la caldera. ¿Recordáis que aquella tarde fuimos a hablar con Hiroshi porque las duchas no funcionaban? El motivo era el crimen. El asesino cogió a Ian de la cabeza y lo estampó contra las tuberías, provocando que una se saliera del sitio y el agua empapara la sala. Aprovechó esto para limpiarse los restos de sangre y después, colocó la tubería de nuevo con la parte ensangrentada mirando contra la pared. Jamás hubiéramos buscado el arma homicida en la misma pared delante de nuestras narices.

—¡Así fue como escondió el arma! ¡Qué listo! —respondió Ricardo con la inocencia de un niño que acaba de descubrir el truco de un mago.

—¿Es siquiera posible? —seguía inquiriendo Nicole, incrédula.

—Encontramos la sangre tras una de las tuberías de la sala de máquinas —corroboró Hiroshi.

—Ahora, me gustaría hablar del segundo crimen: el asesinato de Ragnar Jacobson. Lo que más me tenía preocupada era el motivo. ¿Por qué el asesino iba a querer matar a Ragnar? Creo que alguien de aquí puede responder a esa pregunta.

Los oyentes comenzaron a mirarse, sin entender muy bien a lo que se refería Iustine.

—Para leer el mensaje, Ian le pidió ayuda a Ragnar, que tenía un móvil antiguo. ¿Y si le dijo que ese código lo había creado con un viejo amigo suyo, pero no le dijo con quién? Horas después, Ian aparece muerto. Él no sabía nada de Lucas en aquel momento ni de la existencia de un posible polizón así que, ¿Quién fue su principal sospechoso?

Las miradas comenzaron a converger una por una en torno a Darius Smith.

—Creo que Ragnar te acusó de haber matado a Ian aquella noche, después de que todos los demás nos retiráramos de la mesa. A la mañana siguiente, a las siete de la mañana, encontramos su cuerpo ensartado en una de las estatuas de recepción. La única conexión posible es que el asesino intentara protegerte de él, de cargar con las culpas de un crimen que no habías cometido.

—¿Es… es eso cierto, Darius? —preguntó Hiroshi

Darius se derrumbó.

—Me chantajeó. Ragnar dijo que tendría que pagarle para conservar su estancia en el hotel si no quería que fuera a la policía. ¡Y yo ni siquiera sabía por qué me culpaba a mí!

Nicole se acercó al cocinero, que temblaba como un flan, y le dio un abrazo reconfortante.

—Continuemos con el crimen de Ragnar. En las grabaciones de seguridad se podía ver cómo la estatua se movía sola, como por arte de magia.

—¿También sabes cómo se llevó a cabo ese truco? —preguntó Ricardo.

—Estoy segura. En primer lugar, el asesino necesitaba acceso al puente de mando si ser visto. Seguramente aprovechó su visita a la sala el día anterior con Ian para crear los puntos ciegos en la videovigilancia y poder desplazarse por el barco libremente. Lo siguiente que hizo fue robar el móvil de Ian(él ya no iba a necesitarlo) y lo colocó en el brazo de la estatua, de forma que la cámara quedaba a la altura de la espada y apuntaba en dirección al filo. Por último citó a Ragnar a aquella sala con el mismo mensaje que había usado con Ian y… —Iustine chasqueó los dedos—. ¡Listo!

—Creo que sigo sin entenderlo —dijo Ricardo.

—El asesino esperó a que Ragnar se colocara en posición, realizó una videollamada al móvil de Ian para asegurarse de que Ragnar estuviera a tiro y, cuando lo estuvo, desactivó el piloto automático del barco y los estabilizadores y dio un viraje brusco.

—¿Los estabilizadores? —preguntó Darius.

—Una especie de aletas que reducen el balanceo del barco durante la navegación —resolvió Hiroshi.

—Por eso —prosiguió Iustine—, cuando el barco giró bruscamente, la estatua que estaba sobre una peana con ruedas se abalanzó sobre Ragnar, atravesándole el pecho. La prueba de que fue así es que en mi camarote se cayó una de las lamparitas sin ningún motivo.

—Ahora que lo dices —intervino Ricardo—, cuando me he despertado esta mañana mi móvil se había caído de la mesita.

—Y la luz que se veía en la grabación era el móvil de Ian, que salió despedido con el movimiento del barco y quedó bajo la estatua de enfrente. Apostaría a que el asesino intentó recuperarlo y no pudo porque no sabía adonde había ido a parar.

—¿Y por qué iba a querer recuperar el móvil? —preguntó Nicole.

—Porque podía identificarle como asesino.

—¿Identificarle? ¿No era Lucas McAllister?

—Aún no os habéis dado cuenta, ¿verdad? Si todo lo que he explicado es cierto. El asesino no podía estar a bordo del barco con anterioridad. Los puntos ciegos de la seguridad se hicieron minutos antes del primer crimen. Y el arma del crimen no desapareció.

—¿Qué insinúas?

—No insinúo. Afirmo que el asesino de Ian Hancock y Ragnar Jacobson está en esta sala ahora mismo.

Capítulo 20

—Tienes que estar de broma, Iustine —dijo Nicole—. Dices que el asesino conocía a Ian con anterioridad para poder mandar el mensaje cifrado. Y también que fue capaz de realizar un giro perfecto con el barco para que la estatua atravesara a Ragnar y volviera a su sitio.

—Por no decir que averiguó el código de administrador de Ian para acceder al sistema del barco —intervino Hiroshi—. Si fuera Lucas como habíais dicho, que había diseñado el barco, tendría sentido pero…

—Es que el asesino sí que trabajó en el diseño del barco, además de conocer a Ian desde la infancia.

—Entonces es Lucas… —intervino Ricardo—. Espera, ¿uno de nosotros es Lucas? ¿Eso es lo que quieres decir? ¡Imposible! ¡Darius se habría dado cuenta! O es que…

—No. Darius no es Lucas —cortó Iustine—. Pero sí que identificó al asesino desde un principio, y lo ha estado encubriendo, ¿me equivoco?

Darius tragó saliva.

—Esto es lo que creo que ocurrió. Darius identificó a su amigo de la infancia en el barco, pero vio que se hacía pasar por otra persona y no dijo nada. Cuando Ian murió, quizá sospechó que esa persona fuera el asesino, pero no creo que lo creyera posible. Pero cuando Ragnar apareció muerto justo después de acusarle de asesinato, ahí sí que lo vio claro. A partir de ese momento, todo lo que nos has estado contando eran distracciones para desviarnos del verdadero asesino, como lo de la comida que desaparecía. Nos intentaste hacer creer que el culpable era una persona ajena al grupo para desviar las sospechas de tu amigo.

—¿Crees que soy cómplice? —respondió con un hilillo de voz.

—Sólo tú pudiste hacer desaparecer los mensajes de mi camarote. Cuando viniste a buscarme para decirme que Nicole había desaparecido, te agarraste al marco de la puerta y colocaste un trozo de cinta adhesiva en el pestillo para que la puerta no se cerrara cuando nos fuéramos. Después sólo tuviste que esperar a que me separara de ti para entrar a mi camarote y coger los papeles con los mensajes. Seguramente también querías coger el móvil de Ian, pero lo llevaba encima. Sólo tú pudiste hacerlo.

—Entonces, ¿mi ataque fue una distracción para sacarte de tu camarote, no para que el asesino huyera?

—No. Seguramente echaron una barca al agua para hacernos creer que alguien había salido del barco, pero tú misma lo dijiste: Hacer eso hubiera sido un suicidio sin comunicaciones ni tierra cerca.

—¿Y por qué tantas ansias por recuperar el móvil de Ian? —preguntó Ricardo.

—Porque, como he dicho antes, el móvil contiene la prueba de la identidad del asesino. Pensadlo por un momento: el asesino llamó a este móvil para cometer el segundo crimen, luego su llamada tiene que estar registrada en el teléfono. Pero ya sabemos quién fue la última persona en llamar a Ian: Stella McAllister.

—¿Stella? ¿La hermana muerta de Lucas?

—De eso sólo tenemos la palabra de Darius, quien empezó a proteger a su amiga desde que descubrió ese detalle. Para evitar que sospecháramos de ella se inventó que había muerto. Seguramente sea al revés: Stella sería la hermana viva y Lucas el que murió y toda la historia que nos ha contado sea verídica pero a la inversa. Es una historia demasiado buena para haberse inventado en cuestión de segundos sin ser un mentiroso compulsivo.

—Pero, si la asesina es Stella, entonces sólo puede ser… —Ricardo miró instintivamente a Nicole.

—¿Cómo? ¡Así que ahora yo soy la asesina! ¡Y Stella McAllister, la amiga de la infancia de Ian, ni más ni menos! ¡Habrase visto!

—Es así —afirmó Iustine rotundamente.

—¿Y el ataque? ¡Te recuerdo que casi me ahogan esta tarde!

—Teatro. Tú misma te lanzaste a la piscina.

—¡Escupí agua!

—Un buen truco. Bebiste agua antes de salir y la escupiste por la boca cómo si acabara de salir de tus pulmones.

Nicole sonrió y lanzó su última ofensiva.

—Está bien… —Nicole hizo un ademán con las manos—. Supongo que tendrás pruebas de lo que estás diciendo… ¿O me estas acusando de asesinato porque sí?

—Tengo la prueba aquí mismo —Iustine sacó de nuevo el móvil de Ian—. Si llamo al número que tiene registrado como Stella, el que realizó la llamada del crimen, ¿qué teléfono crees que sonará?

—Para eso tendrás primero que desbloquearlo.

—Un código de seis cifras, como el del sistema del barco.

—¿Sabes la contraseña?

—La sé.

La seguridad con la que Iustine afirmó esto hizo que Nicole diera un sobresalto y los demás se la quedaran mirando con los ojos como platos.

—Es imposible.

—Seis cifras. 4, 4, 4, 2, 6, 6. El nombre "Ian" escrito en el código de los mensajes.

Iustine introdujo el código conforme pronunciaba las cifras. El teléfono hizo un ruido y la pantalla se desbloqueó, dando acceso a todo su contenido.

—Y ahora, la hora de la verdad…

Iustine procedió a entrar en el registro de llamadas y seleccionó la última recibida, que correspondía al número identificado como Stella. Devolvió la llamada.

Nada durante un segundo.

Nada durante dos.

El móvil comenzó a dar tono y una musiquita sonó donde se encontraba Nicole. Sacó su teléfono y en la pantalla se leía el nombre de Ian. Lo arrojó a la mesa con despreció y dijo:

—Me has descubierto.

Capítulo 21

El sol se ponía en el horizonte.

Nicole, ahora Stella, había subido a cubierta para fumar otro cigarrillo. Iustine apareció y se acercó a ella.

—Bien jugado —le dijo Nicole mientras le daba una calada al cigarrillo—. ¿Cuándo lo supiste? Creía que Darius y yo dábamos el pego como una pareja de desconocidos.

—El crimen parecía haberse cometido impulsivamente, y todo lo que siguió no parecía haber sido premeditado. Sólo alguien en este barco era impulsivo y poco previsor: Tu. Entonces me di cuenta: Te pareces a tu hermano.

—¿Cómo lo sabes?

—Vi una foto suya de joven en la cartera de Ian y me recordó a alguien. En ese momento no até cabos.

—Vaya. Esto se te da bien.

Nicole le propinó otra calada a su cigarrillo.

—¿Y lo de reunirnos en el salón fue por puro espectáculo?

—No. No me fiaba de que hubiera represalias, así que si revelaba la verdad ante todos a la vez…

—… no me atrevería a matar a todo el barco —finalizó Nicole.

—Exacto.

—Arriesgado. ¿Crees que no me hubiera atrevido a acabar con todos?

Iustine no respondió.

—¿Crees que me hubiera atrevido a acabar contigo?

—No lo sé.

Nicole rio.

—Maté a Ragnar porque acusó a Darius, y encima le chantajeó. Quería conservar su vida acomodada a toda costa, aunque fuera a costa de mi amigo.

—¿Y a Ian?

—¿Por qué le maté? Parte de la historia que contó Darius era cierta. Los planos del barco sí que eran míos… nuestros: de Lucas y míos.

—¿Los dos hicisteis los planos? ¿Y cómo acabaron en manos de Ian?

—Pues mi hermano enfermó, tal y como ha contado Darius. Yo al principio me oponía a venderle los planos a nadie, pero teníamos que pagar las facturas médicas. Así que decidí venderle los planos a Ian, nuestro amigo y magnate hostelero. Era la persona perfecta para comprarlos.

Iustine escuchaba atenta.

—Y él nos los malcompró. Decía que sin nadie que llevara a cabo el proyecto, los planos no valían nada. No nos dio el suficiente dinero. Le rogué que nos pagara al menos el tratamiento de Lucas pero se negó. Lucas murió porque su amigo prefirió ganar dinero que ayudarle. Y cuando meses más tarde me enteré de que había encontrado una empresa con la que llevar a cabo el proyecto… —Dio otra calada—. Me pudo el odio. Decidí hacer todo lo que estuviera en mi mano para hundirle: boicots, campañas de mala publicidad... incluso intenté que sus empleados formaran un sindicato. Cree la identidad de Nicole para meterme en la empresa de Ian e intentar hundirla, sin suerte.

—Y entonces te invita a este viaje...

—¿Sabes? Pensé que no me había reconocido. Pero no sólo lo hizo sino que me invitó precisamente por ese motivo. El muy engreído pensó que me haría feliz ver el estado del barco.

—¿De qué hablasteis antes de morir él?

—¿Qué me dijo que me provocó tanto que quise matarle? Vamos, puedes ser directa conmigo. Me dijo que si no me sentía orgullosa de este barco, que había sido posible gracias a mí, a mi hermano y a él. Yo le dije que lo que quería era que mi hermano hubiera estado aquí para verlo. Lo último que me dijo fue que se había equivocado, pero que no podía cambiar el pasado y que había que seguir adelante... El problema con su progreso es que no le importaba dejar a nadie atrás, como hizo con el propio Ragnar.

Nicole calló durante unos instantes y miró al horizonte. Finalizó su cigarrillo y le pidió a Iustine un favor.

—¿De qué se trata?

—Cuando habléis con la policía, y sé que me estará esperando cuando llegue al puerto...

—Le pedí a Hiroshi que activara las comunicaciones antes de hablar en el salón. Por eso pude llamar a tu teléfono.

—Como decía —prosiguió—, hazme un favor. No le digas a la policía que Darius ha sido cómplice mío. Actué sola.

—Le quieres de verdad, ¿no es así?

—Si. Eso no era teatro.

—Él a ti también. Se nota.

—Puede. De todas formas ya es tarde. Por favor, tú dile eso a la policía. Darius nunca tuvo malas intenciones.

—Podrás decírselo tú misma.

—No lo creo.

—¿Cómo?

—La historia del polizón a bordo me dio una idea para fugarme. Cogeré un bote salvavidas y llegaré a la costa más cercana. No estamos muy lejos.

—¿Crees que vas a escaparte de la policía?

—Se me da bien sacarme las castañas del fuego, ya lo has visto. Pero no a Darius, es demasiado sensato como para ser capaz de mentirle a la policía.

—¿Y crees que yo sí?

—Creo que tú no quieres que un inocente pague. Darius no estuvo al corriente de lo que hice hasta después de cometer los asesinatos. Diles que me escapé en un bote y que centren todos sus recursos en mí. A ver si me pillan.

—No es una buena idea…

—No he tenido una buena idea desde que subí a bordo de este maldito cacharro.

Nicole dio media vuelta para dirigirse al bote, cuando Iustine la interrumpió.

—Espera.

—¿Qué? ¿Vas a detenerme?

—Aunque me gustaría, no creo que pudiera. Sólo quería hacerte una pregunta.

—Dispara —acompañó la palabra de un gesto levantando ambas manos, queriendo denotar que estaba desarmada ante Iustine.

—Si Ian te hubiera dado el dinero, y aun así Lucas hubiera muerto, ¿esto habría acabado igual?

—Quizá sí. Quizá no. A lo mejor me hubiera conformado con que alguien lo hubiera intentado.

Iustine vio como Nicole se alejaba sin poder hacer nada al respecto.

Capítulo 22

—Anímate, Iustine. No es el final que hubieras deseado, pero es el mejor que podría haber pasado —le decía Ricardo.

Iustine estaba consternada por haber dejado escapar a Nicole, o a Stella, no sabía cómo llamarla. Sentía que no se iba a hacer justicia con Ian y Ragnar, aunque confiaba en las capacidades de los cuerpos de seguridad. Sí. No llegaría lejos.

Hiroshi había decidido llevarles en su coche hasta el aeropuerto más cercano. Ya habían hablado con la policía y les habían contado todo lo sucedido en el barco, así como la identidad de la asesina: Stella McAllister, y nada más que Stella McAllister. Los tres, Iustine, Hiroshi y Ricardo se habían puesto de acuerdo para omitir a Darius en todas las declaraciones. La policía había estado conforme. Las pruebas concordaban con los hechos. A las pocas horas les habían dejado marchar.

En el coche de Hiroshi sólo estaban Iustine, Ricardo y, obviamente, él mismo. El cocinero había preferido seguir otro camino. Estaba abatido después de haber perdido a su otro mejor amigo y de ver cómo el amor de su vida se convertía en una persona buscada por las autoridades.

Ricardo se había sentado atrás con Iustine, le preocupaba que no pudiera montar en coche, pero estaba tan absorta en sus pensamientos que ni siquiera sintió nervios de viajar en aquel vehículo.

—Sabéis, hay algo a lo que sigo dándole vueltas.

—¿Sigues pensando en ello? —le dijo Ricardo.

—¿Por qué invitaría Ian a Stella y a Ragnar? Si ambos le odiaban.

—Por el mismo motivo que a nosotros, para presumir de barco y darle en la boca a aquellos a quien más podía dolerle.

—Más o menos es cierto —intervino Hiroshi—. Escogió a Nicole… Stella y Ragnar porque le odiaban. Y si a ellos podía convencerles de que el barco era perfecto, podría convencer a cualquiera.

—Se la jugó mucho.

—Y tanto. Mira cómo ha acabado. Por eso le insistí en que contratara, al menos, un cuerpo de seguridad. Pero él sólo quiso decírselo a Darius.

—La única persona que le mantenía con los pies en la tierra. Y puede que la única en quien confiaba plenamente —aventuró Iustine.

—Eso me duele —dijo Hiroshi, con una risa.

—¿Y nosotros dos? —preguntó Ricardo.

—Bueno… —empezó Hiroshi, que buscaba las palabras para transmitir la siguiente información—. A vosotros dos os elegí yo.

—¿Porque te odiaba?

—No. Porque quería investigar el origen de los planos. Y tú eras el único de la empresa que se había atrevido a hacerlo a plena vista, sin importar el lío en el que te pudieras meter.

—Entonces, ¿No os fiabais de Ian?

—Para nada. Nos parecía raro que no citara su fuente, pero no encontrábamos nada anormal en los planos. Aun así nunca dejamos de investigarle.

—Y, ¿lo de despedirme?

—Serviste de chivo expiatorio, lo siento. Contigo fuera, pensamos que Ian se confiaría y, al ver que no fue así, aproveche la oportunidad para que te unieras al viaje y siguieras con tus pesquisas.

—¡Genial! Entonces aún confías en mí —dijo Ricardo, satisfecho. Y añadió—: ¿Y a Iustine? ¿Por qué la elegiste a ella?

—Pensé que sería la persona adecuada para destapar la verdad. Y no me equivoqué, aunque el asunto se puso mucho peor de lo que pude haber previsto. Lo siento si me puse algo histérico. No funciono bien en situaciones que se escapan a mi control.

—No te preocupes —le tranquilizó Iustine.

—Pero, ¿vosotros os conocíais?

—No exactamente —respondió Hiroshi—. Mi hermana me habló de ella. Me dijo que era quien estaba buscando, y que a ella le vendría también un cambio de aires.

—¿Tu hermana la doctora?

Iustine se rio. Estaba segura de que Hiroshi no había mencionado a su hermana delante de Ricardo pero por su forma de decirlo, estaba claro que había hablado mucho de ella en su trabajo.

—Sí. Es mi psiquiatra. Al principio no até cabos porque ella usa su apellido de casada.

—¿Psiquiatra? ¿No era doctora?

—Doctora especializada en psiquiatría.

El viaje continuó animadamente hasta que Hiroshi decidió ponerse algo solemne.

—Me gustaría poder agradeceros todo lo que habéis hecho en este viaje. A ti Ricardo, sé perfectamente lo que puedo ofrecerte.

—¿Ah, sí?

—Si. Puesto que tus sospechas fueron fundadas, y que sigues practicando la informática, ¿te gustaría recuperar tu puesto en el ITCUC?

—¡Me encantaría! ¿Ves Iustine? Final feliz.

—En cuanto a ti, Iustine, no sé qué podríamos ofrecerte desde el ITCUC, pero lo que pidas se te concederá.

—La verdad es que no quiero nada. Ya me llevo algo importante.

—¿El qué?

—Valor. Creo que después de tanto tiempo va siendo hora de que vuelva a casa y retome mi vida.